BERTINA HENRICHS | That's all right, Mama

Das Buch
»Bertina Henrichs versteht es wunderbar, kleine Fluchten aus dem Alltag zu inszenieren. Eine sehr vergnügliche Geschichte, die das Herz wärmt.«
Für Sie

»Eine rührende Mutter-Tochter-Geschichte.«
Hamburger Morgenpost

»Was ein seichter Betroffenheitsroman hätte werden können, wird zu einer äußerst amüsant zu lesenden, anrührenden Liebesgeschichte.«
NDR Kultur

»Wieder liefert Bertina Henrichs eine berührende Geschichte, die bis zur letzten Zeile hochwertigen Lesestoff bietet.«
Sonntags-Anzeiger Siegerland

»Wie ›Die Schachspielerin‹ einfach und berührend erzählt.«
Münstersche Zeitung

»Ein wunderbares Buch über eine Mutter-Tochter-Beziehung.«
News

»Nach dem Lesen möchte man nur noch zweierlei: Elvis hören und seine Mutter umarmen.«
Questions de Femmes

Die Autorin
Bertina Henrichs, geboren 1966 in Frankfurt am Main, studierte Literatur- und Filmwissenschaft und lebt seit vielen Jahren in Paris, wo sie als Schriftstellerin und Filmemacherin arbeitet. Ihr erster Roman, »Die Schachspielerin«, war ein großer Bestseller in Frankreich und Deutschland und wurde mit dem Corine-Buchpreis für das beste Debüt ausgezeichnet. »Die Schachspielerin« wurde mit Sandrine Bonnaire und Kevin Kline in den Hauptrollen erfolgreich verfilmt.

BERTINA HENRICHS

That's all right, Mama

Roman

Aus dem Französischen von Claudia Steinitz

Diana Verlag

Mix
Produktgruppe aus vorbildlich
bewirtschafteten Wäldern und
anderen kontrollierten Herkünften

Zert.-Nr. SGS-COC-001940
www.fsc.org
© 1996 Forest Stewardship Council

Verlagsgruppe Random House FSC-DEU-0100
Das für dieses Buch verwendete
FSC-zertifizierte Papier *München Super*
liefert Mochenwangen Papier.

Taschenbucherstausgabe 10/2010
Copyright © 2009 by Hoffmann und Campe Verlag, Hamburg
Copyright © dieser Ausgabe 2010 by Diana Verlag, München,
in der Verlagsgruppe Random House GmbH
Umschlagmotiv | © John-Francis Bourke / Corbis
Umschlaggestaltung | Hauptmann & Kompanie
Werbeagentur Zürich, Teresa Mutzenbach
Herstellung | Helga Schörnig
Satz | Christine Roithner Verlagsservice, Breitenaich
Druck und Bindung | GGP Media GmbH, Pößneck
Printed in Germany 2010

978-3-453-35442-5

http://www.diana.de

Für Sharon und Joséphine

*And my traveling companions
Are ghosts and empty sockets
I'm looking at ghosts and empties
But I've reason to believe
We all will be received
In Graceland.*

PAUL SIMON

1

Manche Menschen, empfänglich für die zartesten Schwingungen ihrer Seele, haben Vorahnungen. Sie fürchten und lieben sie. Eva gehörte nicht zu ihnen. Noch nie hatte sie die leiseste Vorahnung verspürt. Dieses mystische Flüstern fehlte ihr nicht, denn sie glaubte nicht ernsthaft daran, dass man Unglück oder Glück wie eine hypersensible menschliche Parabolantenne im Vorhinein erfassen kann. Sie ging nicht zu Wahrsagern, Kartenlegerinnen oder anderen Hellsehern. Sie traf ihre Entscheidungen, wenn sie zu treffen waren, ohne je einen Blick auf die Sterne zu werfen.

An dem Tag, als ihr Vater bei einem Verkehrsunfall ums Leben kam, hatte sie nichts gespürt. Sie spielte seelenruhig mit ihren Puppen, als das Telefon klingelte und sie ihre Mutter zusammenbrechen sah.

Keine Himmelsharfen, als sie Michel traf. Und keine Wolkenbrüche, als sie sich trennten.

Ihre Ernennung zur Dozentin erhielt sie an einem Julimorgen in einem Umschlag aus Recyclingpapier, als sie gerade den Flur wischte.

Wenn das Unglück kommen soll, kommt es. Was hilft's, es ein paar Tage im Voraus zu wissen? Und das Glück kommt sowieso nicht, es ist plötzlich da. Manchmal.

tte sich aufgelöst und einem schönen
reinzelte Schäfchen vor azurblauem
acht. Es war fast warm.
versitätsgelände, wo sie ihre Vorlesung
blieb einen Moment stehen und holte tief
inzelte, geblendet vom gleißenden Sonnenlicht.
grauer Regenmantel und der dicke Schal, drei Stunden zuvor noch angemessen, schienen jetzt von zu großem Pessimismus zu zeugen.

Ungeduldig nahm Eva den Schal ab und stopfte ihn in die große schwarze Tasche, die sie überallhin begleitete. Der Tag hatte mit einer Reihe von Missklängen begonnen, die ihre gute Laune zunehmend beeinträchtigten, und sie wollte jetzt nicht obendrein noch einen kränkelnden Eindruck machen. Nein, sie war vielmehr fest entschlossen, diesen Tag zu retten. Es war erst elf, und das Ganze konnte sich noch zum Guten wenden.

Nach dem Mittagessen würde sie Seminararbeiten korrigieren, eine Stunde im Fitnesscenter schwitzen, das sie regelmäßig besuchte, ein paar Einkäufe erledigen und den Abend damit verbringen, endlich den Roman des indischen Autors zu lesen, von dem ganz Paris sprach und den sie sich eine Woche zuvor gekauft hatte.

Dass Victor ihre Verabredung abgesagt hatte, war eine gute Gelegenheit, früh ins Bett zu gehen und in eine neue Geschichte einzutauchen. Sie liebte den köstlichen Augenblick, da sie zum ersten Mal ein Buch aufschlug, das ihrem Leben für einige Zeit den Klang und die Farbe verleihen würde.

Victor würde sie am Sonnabend sehen, denn seit dem Anfang ihrer Beziehung sahen sie sich bis auf wenige Ausnahmen jeden Donnerstag und Sonnabend.

Mit entschlossenem Schritt ging Eva in Richtung Bushaltestelle.

Als sie am Brunnen in der Mitte des Platzes vorbeikam, wurde sie jäh aus ihren Gedanken gerissen.

»Guten Tag, kleine Frau. Schöner Tag, was?«

Eva drehte sich um und sah auf einer Bank einen Clochard sitzen.

»Sie haben nicht zufällig Batterien?«

»Wie bitte?«, fragte sie.

»Na, Batterien. Runde, einfache.«

»Ach so. Nein, habe ich nicht, tut mir leid«, antwortete sie, fast stotternd vor Überraschung.

Sie sah den Mann etwas aufmerksamer an. Blaue Augen strahlten in seinem faltigen Gesicht, das von einer wirren blonden Mähne eingerahmt wurde. Sein Alter war schwer zu schätzen, aber er kam ihr noch ziemlich jung vor.

»Schade. Aber macht nichts«, sprach er weiter. »Hätt' ja sein können. Manche Leute haben halt Batterien in der Tasche und wissen nicht, wohin damit. Deswegen frag ich. Man kann nie wissen.«

Eva nickte.

»Mir sind schon die verrücktesten Sachen passiert«, versicherte der Clochard.

»Das glaube ich wohl«, antwortete sie eilig und ging schnell weiter, weil sie fürchtete, er wolle seine Bemerkung durch irgendeine fantastische Geschichte belegen.

Nach ein paar Schritten jedoch siegte die Neugier. Sie ging in den nächsten Laden und kaufte vier Batterien. Dann kam sie zu dem Mann zurück und reichte ihm das Päckchen.

»So was auch!«, freute er sich. »Das ist wirklich nett. Wissen Sie, ich sag immer zu meinen Kollegen: Man darf die

Hoffnung nie aufgeben. Die Menschheit ist gar nicht so verdorben. Da haben wir den Beweis.«

Sein Interesse für Eva erlosch, er öffnete den fleckigen Rucksack, der vor ihm auf dem Boden stand, und holte einen Walkman heraus, in den er zwei Batterien legte. Grinsend stopfte er sich die Kopfhörer in die Ohren, schaltete das Gerät ein und begann im Rhythmus eines Liedes mit dem Kopf zu wippen.

Eva beeilte sich, ihr Bus kam. Sie setzte sich neben eine dicke, mit riesigen Einkaufstaschen beladene Frau. Eine sorgfältig geschminkte Dame mit Hut klammerte sich an ihre Vuittontasche wie an einen Rettungsring. Ein grauhaariger dicker Mann, dessen Körper gefährlich an einem Haltegriff schaukelte, musterte Eva unverhohlen von oben bis unten. Verärgert wandte sie sich ab und sah aus dem Fenster.

Zuweilen, wenn auch immer seltener, konnte sie Paris noch so wahrnehmen wie zu Beginn ihres Aufenthalts. Dafür musste sie die Stadt von der dicken Alltagsschicht befreien, die sich im Laufe der Jahre angesammelt hatte. Wie vielen jungen Ausländern hatte sich Paris auch ihr wie ein großes Fest angekündigt. Hemingway, Miller und Beckett im Kopf, hatte Eva alle Warnungen in den Wind geschlagen und sich in die ebenso naive wie heldenhafte Eroberung der französischen Hauptstadt gestürzt.

Auf die großen leidenschaftlichen Erklärungen folgten harte, arbeitsreiche Jahre. Aber ganz allmählich, mit vielen Niederlagen und kleinen Siegen, hatte sie schließlich ihren Platz gefunden. Sie hatte das herbe und vertraute Deutsch gegen die musikalischen Klänge des Französischen ausgetauscht, das sich nur zögernd und widerwillig, mit gespielter Schüchternheit und diversen Fluchtmanövern erobern ließ, wie eine Schöne an einem Ballabend von einem sie hartnäckig umschwärmenden Kavalier.

Nach dem Abschluss des Literaturstudiums war Eva Dozentin geworden, der höchste Rang, den sie als diplomierte Ausländerin ohne Agrégation erreichen konnte. Ihre Aufnahme in die Universitätskreise erregte Aufsehen. »Chapeau!«, hatten einige gesagt, als sie ihre Stelle erhielt: »Sie können stolz sein.« Sie hatte also die Bonuspunkte geerntet, mit denen die Grande Nation großmütig ihre eifrigsten Diener belohnt.

Sie allein wusste, dass Paris in den langen Fluren, die zur Integration führen, das Festtagsgesicht verloren hatte und dass die Geigen verstummt waren.

Manchmal aber, an einer Straßenecke oder bei einem Spaziergang im rötlich gelben Abendlicht, tauchten die Schatten des Begehrens wieder auf, letzte Relikte einer verrückten Leidenschaft.

2

Im Treppenhaus hörte Eva ihr Telefon klingeln. Sie rannte die Stufen hoch und suchte gleichzeitig in den Manteltaschen nach ihrem Schlüssel. Hastig öffnete sie die Tür, aber trotz ihrer Eile nahm sie den Hörer zu spät ab. Der Anrufer hinterließ keine Nachricht. Atemlos stellte sie die Tasche ab und zog den Mantel aus.

Insgeheim hatte sie gehofft, von Victor zu hören, dass seine Arbeitssitzung abgesagt sei und er Zeit habe, sie wie üblich zu treffen. Dabei war das sehr unwahrscheinlich. Victor arbeitete mit der gleichen Leidenschaft, mit der andere im Kasino spielen. Mit dem gleichen Fieber im Blick, wie wenn die Kugel rollt.

Er war Artdirector in einer Werbeagentur und stürzte sich in jede neue Kampagne, als wäre es die letzte. Er verdiente viel Geld, das er sorglos und gutgelaunt ausgab. Mit seinem halblangen blonden Haar, der immer gebräunten Haut und den grünen Augen galt er als schöner Mann. Sein Kleidungsstil, eine gekonnte Mischung aus Raffinesse und Nachlässigkeit, weckte die Illusion absoluter Natürlichkeit. Selbst seine Hornbrille schien eher Koketterie als ein Hilfsmittel, Kurzsichtigkeit zu korrigieren.

Eva hatte ihn in einem Restaurant kennengelernt, das sie beide regelmäßig besuchten. Sie hatten nie miteinander gesprochen, bis Eva einmal ihr Feuerzeug vergessen hatte. Sie bat ihn um Feuer, er zog seinen Stuhl heran. Bald darauf wurden sie ein Paar.

Am Anfang ihrer Beziehung hatte Victor anhand seiner zahlreichen gesellschaftlichen Verpflichtungen die Abende festgelegt, die sie miteinander verbringen würden. Den Rest der Woche lebte jeder bei sich und ging seiner Beschäftigung nach. Eva hatte sich diesem Arrangement nicht widersetzt. Sie führten eine angenehme Beziehung ohne lästige Alltagsprobleme.

Hin und wieder tauchten jedoch ohne Vorwarnung, bei irgendeinem unbedeutenden Zwischenfall, Bilder einer anderen Geschichte auf, die ebenso unvernünftig und glühend war wie die mit Victor geregelt und brav. Ein langes Kapitel in Evas Leben. Ohne Worte, um ihre absolute und verstörende Hingabe zu kaschieren. Ohne gewahrte Würde. Wenn man sie heute sah, traute man ihr so viel Verrücktheit nicht zu. Das wusste sie. Und dennoch wäre sie beinah nicht mehr zurückgekehrt.

Michel.

Niemals hatte sie davon erzählt. Diese Geschichte gehörte nicht zu den Anekdoten, die man mit einer Tasse Tee beim Nachmittagsplausch aufwärmt.

Eva war grundsätzlich zurückhaltend mit Offenbarungen. Spröde, dachte sie plötzlich auf Deutsch, während sie das dunkelblaue Kostüm, das sie insgeheim ihren Respektabilitätspanzer nannte, gegen ausgewaschene Jeans und ein weißes T-Shirt austauschte. »Spröde« war ein Wort, das ihr im Französischen fehlte, denn es gab keine richtige Entsprechung. Vielleicht war es ein zutiefst deutsches Wort. Ebenso wie »gemütlich« oder »Heimat«, drückte es offenbar eine Lebensweise, einen speziellen Blick auf die Welt aus. Irgendwas, das sich der Vereinigung, der Globalisierung, der Übertragung entzieht. Auch jedem Kommentar. Hier drückte es weniger fehlende Fantasie aus als den Hauch eines Lasters. Extreme Zurückhaltung als Treibhaus ihrer Einbildungskraft.

Eva stand auf dem winzigen Austritt voller Blumen, den sie stolz ihren Balkon nannte, und rauchte ihre Heimkehrzigarette. Sie beobachtete gern das Kommen und Gehen der Leute in der kleinen Straße unter ihr.

Mit einem mächtigen Staubsauger unter dem Arm kam die Hauswartsfrau, Madame Rodez, aus dem Haus und verschwand im Nebeneingang. Magali, die unter Eva wohnte, zerrte ihren Sohn Jules hinter sich her, der in einem von Schluchzen unterbrochenen Gestammel protestierte, und dankte Doktor Constant, der ihr höflich die Tür aufhielt. Eine alte gebeugte Frau, die Eva vom Sehen kannte, bewegte sich sehr langsam vorwärts, ein heldenhafter Kampf gegen das Eingesperrtsein in den vier Wänden. Ein Fahrradfahrer pfiff fröhlich eine nicht zu identifizierende Melodie. Weiter weg waren Radionachrichten zu hören.

Das war ihr kleiner Kokon, in dem sie sich von den Unwägbarkeiten des Daseins geschützt fühlte. Eine Zweizimmerwohnung im 18. Arrondissement, in der sie sich nach mehrjährigem Studentendasein niedergelassen hatte.

Sie hatte jedes Möbelstück passend zu dieser Wohnung sorgfältig ausgewählt, jeder Gegenstand hatte seinen Platz. Ein Plakat mit einem Ausschnitt aus einem Goya-Gemälde hing gerahmt über dem Büfett. Es zeigte eine junge Frau, die einen mit grünen Trauben gefüllten Korb auf dem Kopf trägt. Die gegenüberliegende Wand war mit einem großen abstrakten Gemälde geschmückt, in dem Weiß dominierte und das wie ein Palimpsest die Farbsubstanz hervortreten ließ. Sie hatte es bei einer Reise nach Dieulefit von einem Maler gekauft. Es war das erste Mal, dass sie ein Gemälde kaufte, und dieser Vorgang, daran erinnerte sie sich gut, hatte irgendwie etwas Feierliches.

Eva achtete darauf, ihren Lebensraum so rein wie möglich zu halten. Die Aschenbecher waren immer geleert und gewaschen. Kein unansehnlicher Zeitungsstapel verdarb den Eindruck. Sie wollte nicht von dem Trödel überwältigt werden, der sich in den meisten Wohnungen ansammelte. Dieser Anspruch verlangte große Konzentration, denn sie war eigentlich kein ordentlicher Mensch. Ihre unzähligen Bücher drohten deshalb auch ständig, sich dem allgemeinen Ordnungsbemühen zu entziehen.

Evas jüngster Kauf war ein rotes Samtsofa. Es war sehr teuer gewesen, und sie hatte es sich zum Teil von ihrer Mutter zum Geburtstag schenken lassen. Noch nie hatte sie etwas so Schönes besessen. Magali hatte vor Bewunderung gejubelt, als sie sich genüsslich auf die weichen Kissen setzte. Selbst Eva war immer noch etwas eingeschüchtert von diesem Sofa. Eines Tages wache ich auf und es ist nicht mehr da. Dann werde ich merken, dass ich es geträumt habe, dass es nie wirklich existiert hat, dachte sie.

Ein paar Jahre zuvor hatte sie häufig den gleichen Alptraum gehabt. Sie kam in die Uni, um ihre Vorlesung zu halten. Sie stand vor fünfzig Studenten, machte den Mund auf und stellte plötzlich fest, dass sie nicht mehr französisch sprach, dass sie kein Wort mehr von dieser Sprache konnte, die ihr wieder völlig fremd geworden war. Die Studenten wurden ungeduldig, lachten und verließen den Hörsaal. Jedes Mal war sie schweißnass aufgewacht und hatte eine halbe Stunde gebraucht, um sich zu beruhigen. Vielleicht würde sie nie mehr anders als mit der Angst leben, den Pariser Alltag wie eine Halluzination verschwinden zu sehen. Eine Hochstapelei.

Um die unangenehmen Gedanken zu vertreiben, drückte sie energisch ihre Zigarette aus und verließ den Balkon. Aus ihrer Sammlung von Opernplatten wählte sie eine Aufnahme der *Sonnambula* von Bellini, die sie besonders mochte, gesungen von der Callas. Bei den ersten Akkorden des Orchesters ging sie in die Küche, um sich etwas zu essen zu machen. Während sie ihre Salatsoße umrührte, begann wieder das Telefon zu klingeln.

Diesmal nahm Eva rechtzeitig ab. Eine zögernde Frauenstimme fragte auf Deutsch nach ihr. Etwas verwirrt bestätigte Eva, dass sie am Apparat sei. Die Frau schien beruhigt, ohne dass sich ihre Stimme jedoch völlig entspannte.

»Ich bin Carola. Carola Horwitz. Wir kennen uns. Ich bin eine Freundin Ihrer Mutter, erinnern Sie sich?«

Eva sagte nur ja. Anrufe von fernen Bekannten, die mit einem über eine Verwandte reden wollen, verhießen nichts Gutes. Sie war beunruhigt.

»Ich weiß nicht, wie ich es Ihnen sagen soll. Es tut mir sehr leid. Ihrer Mutter ist etwas zugestoßen. Sie müssen sofort herkommen«, sagte die Frau.

Jetzt war es passiert. Früher oder später musste es kommen. Eva hatte immer erwartet, dass man sie eines Tages anrufen würde, um ihr so etwas mitzuteilen. Andererseits hatte sie auch nicht oft daran gedacht. Die Katastrophe, obwohl wahrscheinlich, musste immer in der Zukunft bleiben, nicht morgen und nicht übermorgen. Eines Tages, so unbestimmt wie möglich. Und jetzt materialisierte sie sich plötzlich in Gestalt dieses unseligen Nachmittags.

Sie erkundigte sich, was geschehen war, fragte nach der Adresse des Krankenhauses, notierte eine Telefonnummer und dachte sogar daran, ihrer Gesprächspartnerin zu danken, ehe sie auflegte.

Die folgenden Stunden waren reine Panik. Sie bekam einen Flug, informierte das Universitätssekretariat, packte ihren Koffer und stürzte los.

Das Warten am Flugplatz kam ihr endlos vor. Sie war gleichzeitig abwesend und angespannt in einer Konzentration ohne rechten Gegenstand. Die Zeitschrift, die sie sich gekauft hatte, lag geschlossen auf ihrem Schoß. Immer wieder stand sie auf und lief hin und her. Schon unter normalen Umständen hasste sie den Flughafen, diese Verkörperung eines Nichtortes. Sie fühlte sich dort ebenso wohl wie in einer Luftschleuse. Diesmal war es noch schlimmer. Lebenszeit für nichts, unmöglich zu leben, unmöglich zu überspringen. Übergang. Wie die Trauer, dachte sie plötzlich und zuckte zusammen. Und die Genesung, beruhigte sie sich.

Das Flugzeug startete mit einer halben Stunde Verspätung. Ein kleines Ärgernis, das sie an diesem Abend in abgrundtiefen Zorn stürzte. Alles, was sie seit Jahren nicht erledigt hatte, schien in diesen dreißig verlorenen Minuten zu kondensieren, die sich zwischen ihrer Mutter und ihr wie ein unüberwindbares Hindernis aufrichteten. Sie beschimpfte die Stewardess, die mit kalter Liebenswürdigkeit reagierte. Sie war an jammernde Fluggäste gewöhnt.

An Bord bekam Eva einen Becher mit Orangensaft und zwei aufgeweichte Kekse, die sie mechanisch kaute. Die Sorge zehrte an ihren Kräften, über Straßburg fiel sie in unruhigen Schlaf.

3

»Na, wo soll's denn higehe?«, fragte der Taxifahrer freundlich im vertrauten Dialekt ihrer Kindheit. Eva gab ihm in dialektfreiem Deutsch Auskunft über ihr Fahrziel. Sie wollte nicht als Kind dieser Stadt erkannt werden. Es gab kein Wiedersehen zu feiern. Sie nannte nur die Adresse. Das Taxi fuhr los. Der Fahrer war auf einmal gar nicht mehr gesprächig. Touren vom Flughafen zum Krankenhaus ließen Böses ahnen. Da hielt man besser Abstand.

Während der Fahrt stellte Eva fest, dass die Zahl der Wolkenkratzer seit ihrem letzten Besuch noch zugenommen hatte. Dieser futuristische Anblick war beinah schön, vielleicht etwas größenwahnsinnig. Allmählich verdiente Frankfurt den Namen »Little Manhattan«, mit dem die Stadt seit mehr als vierzig Jahren Geschäftsleute anzulocken suchte. Die ersten Abendlichter spiegelten sich im Fluss. Das Mainufer war einst das bevorzugte Ziel ihrer Sonntagsspaziergänge gewesen. Sie hatte gern die großen Schiffe beobachtet, die gelassen durch das Wasser glitten. Es war wie ein Vorgeschmack auf das Meer. Dabei war das Meer weit weg. Von Frankfurt aus war ihr alles weit weg vorgekommen.

An der Anmeldung schenkte ihr eine Frau um die vierzig, stark geschminkt hinter ihrer länglichen Brille aus rotem Schildpatt, ein professionelles Lächeln, während sie ins Telefon sprach. »Universitätsklinik, guten Tag.« Bestimmt dreihundert Mal am Tag wiederholte sie die knappe Begrüßungsformel, die sich zwischen ihren Lippen so sehr abgenützt hatte, dass sie fast unverständlich geworden war. Eine traurige, mit extremer Sparsamkeit ausgestoßene Tonfolge, ihrer Endungen beraubt und ihres Sinns entleert. Eine Folter für die Ohren.

»Universitätsklinik, guten Tag. Einen Moment bitte.« Sie drückte auf verschiedene Knöpfe. Zwischen zwei Anrufen fand sie endlich den Namen Helene Jacobi in ihrem Computer und erklärte Eva den Weg. »Universitätsklinik, guten Tag. Er ist heute nicht da. Rufen Sie bitte morgen an.«

Während Eva durch grünliche Flure lief, hörte sie noch mehrmals die immer gleichen Worte.

Als sie die Tür öffnete, die man ihr gezeigt hatte, bekam Eva einen Schock. Das bleiche Altfrauengesicht auf einem bläulichen Kissen hätte sie fast nicht erkannt. Der in ein einfaches Krankenhausnachthemd gehüllte Körper ihrer Mutter verschwand unter Schläuchen. Die Haut war weiß und faltig; Lena gehörte nicht zu den gebräunten, muskulösen Sechzigjährigen, die auf den Reiseprospekten strahlten. Sie war eine verblühte Frau mit dauergewelltem, blond gefärbtem Haar. Sogar in diesem schwachen Licht sah man die grau nachwachsenden Haarwurzeln. Sie schlief und schnarchte leise.

Nach kurzem Zögern legte Eva ihre Sachen auf einen Stuhl und trat ans Bett. Sie griff nach der Hand ihrer Mutter, dabei stieß sie an einen Infusionsschlauch.

Aus dem Flur kamen die üblichen Krankenhausgeräusche, das Quietschen von Betten, die über das Linoleum geschoben wurden, das leise Zischen von Gummisohlen, die unaufhörlich kamen und gingen, mal schneller, dann wieder langsamer wurden, das Klappern von Löffeln, Gesprächsfetzen, manche geflüstert, andere erstaunlich laut.

Als Eva vorsichtig aufstand, um den Arzt suchen zu gehen, öffnete ihre Mutter die Augen. Der Blick irrte ein paar Sekunden umher, dann richtete er sich auf die Tochter. Ein schwaches Lächeln erhellte ihr Gesicht.

»Sie haben dich den ganzen weiten Weg machen lassen, mein armer Schatz, nur damit du deine Mutter in diesem Zustand siehst«, sagte sie schließlich.

»Das ist doch das Mindeste, Mama. Ich habe mir große Sorgen um dich gemacht.«

»Ich glaube, das war nicht nötig, es geht mir schon viel besser. Sie werden mich sicher in ein, zwei Tagen rausschmeißen«, sagte sie mit schwacher Stimme, die ihre Worte Lügen straften.

»Das werden wir sehen. Wenn sie es für richtig halten, umso besser«, sagte Eva und setzte sich wieder. »Erzähl erst mal, was passiert ist.«

»Ach, das Herz.« Lena winkte mit einer schwachen Bewegung ab. »Es wollte Sperenzchen machen. Das kommt öfter vor. Diesmal war es halt etwas unangenehmer. Ich hatte nicht mal Zeit, meine Tasche zu packen, und bin ohne alles los.«

»Wie bist du denn hergekommen?«

»Im Krankenwagen, mit Sirene und allem. So ein Spektakel! Das war das erste Mal.«

»Ich hoffe, auch das letzte. Du hast mir wirklich Angst gemacht.«

»Ich bin froh, dich zu sehen«, sagte Lena und drückte Evas Finger schwach. »Egal, wie die Umstände sind, Mütter freuen sich immer, ihre Töchter zu sehen. Da ist nichts zu wollen. Das ist halt so. Eines Tages wirst du das vielleicht selbst erleben …« Sie hielt inne, als Eva verlegen lächelte. »Könntest du etwas für mich tun, Kätzchen?«

»Natürlich, Mama.«

»Dann fahr nach Hause und bring mir meine Toilettentasche, ein Handtuch und ein Nachthemd, das diesen Namen verdient. Ich kann doch nicht in diesem Ding bleiben.« Sie wies auf den hässlichen Kittel, der sie kaum bedeckte.

»Aber …«, sagte Eva. »Das kann doch bis morgen warten.«

»Nein, mir ist kalt«, entschied ihre Mutter. »Nimm ein Taxi. Dann geht's schneller.«

»Weißt du, Mama, ich bin fast vierzig. Ich weiß, wie …«

Sie sprach nicht weiter. Ihre Mutter hatte die Hand gehoben, um sie zu unterbrechen.

»Mach schnell, ich warte auf dich. Dann können wir uns unterhalten.« Jetzt spürte man, wie es sie anstrengte zu sprechen.

Eva küsste sie auf die Stirn und verließ das Zimmer.

Sie ging den Weg zurück. Ehe sie das Gebäude verließ, hörte sie noch einmal »Universitätsklinik, guten Tag«.

Vor dem Haupteingang fand sie ein Taxi, das sie in die Welt ihrer Kindheit zurückbrachte.

4

Als Eva die Wohnung betrat, schlug ihr sofort der Geruch entgegen. Eine Mischung aus Zigaretten, trockener Wärme, Holz und Katze, etwas Herbstliches, das sie unter allen Gerüchen der Welt erkennen würde.

Im Treppenhaus hatte es nach Kohl gerochen. Sicher hatte am Vortag jemand das Gemüse gekocht, dessen hartnäckige Ausdünstungen sich an Wände, Teppiche und Vorhänge heften. Lüften reicht nicht, um sie zu vertreiben. Man muss sich damit abfinden, bis sie von selbst verschwinden.

Die Wohnung war in Eile verlassen worden. Im Schlafzimmer lagen getragene Kleidungsstücke herum. Das Flakon mit Lenas Lieblingsparfum stand auf der Kommode. Eine Schublade mit Strümpfen war halb geöffnet. Eine Strumpfhose quoll hervor, ein weiches, seidiges Bein drinnen, das andere draußen.

Auf dem Küchentisch lag eine angefangene Schachtel Marlboro light. Kippen füllten den schartigen Aschenbecher, den die Mutter immer benutzte, wenn sie allein war. Die Katzenkiste stand am gewohnten Platz. Wo war eigentlich die Katze? Offenbar hatte jemand sie mitgenommen. Wahrscheinlich diese Carola Horwitz. Ich muss sie anrufen, dachte Eva ohne Begeisterung. Sie setzte sich einen Moment und nahm eine Zigarette aus Lenas Schachtel.

Seit Eva sechzehn war, teilte sie mit ihrer Mutter diese unvernünftige Leidenschaft für den Tabak. Für die kleinen Stäbchen, die der Zeit ihren Rhythmus gaben und sie in ihr winziges Wölkchen hüllten.

Als die Zigarette aufgeraucht war, machte sie sich auf die Suche nach den Dingen, die Lena verlangt hatte. Aus dem Badezimmerschrank nahm sie ein Handtuch und legte es in eine kleine Reisetasche. Dazu kam ein violett geblümtes Etui, das sie mit Toilettenartikeln füllte. Sie dachte sogar an das Flakon mit Lenas Lieblingsparfum. Die Uhr der Mutter lag auf dem Nachttisch neben einem schwedischen Krimi, den Eva ebenfalls einpackte. Dann sah sie sich um. Wenn etwas fehlt, kann ich es ihr morgen bringen, dachte sie.

Sie wollte gerade losgehen, als ihr das Nachthemd einfiel.

Sie öffnete den Schrank und holte einen ganzen Stapel hervor, fand aber nur fantasievolle Gebilde. Nicht direkt Reizwäsche, aber auch nicht passend für einen Krankenhausaufenthalt. Sie waren mit roten Rüschen, schwarzer Spitze oder smaragdgrünem Satin verziert. Nicht warm genug. Sicher Restbestände aus dem Geschäft, die Lena schließlich selbst getragen hatte.

Eva kehrte das Unterste zuoberst, fand vierzig Mark, die Lena dort wohl vergessen hatte, aber kein langärmliges Nachthemd aus einfarbigem Flanell oder einfachem Baumwollstoff.

Seufzend betrachtete sie die Unordnung, die sie angerichtet hatte, und entschied sich schließlich für ein himmelblaues Modell aus Seide, das vorn zugeknöpft wurde.

Eva sah auf die Uhr. Es war fast acht. Sie musste sich beeilen, sonst würde man sie nicht mehr ins Krankenhaus lassen.

Sie griff nach der kleinen Reisetasche und schloss eilig die Tür ab. Glücklicherweise fand sie sofort ein Taxi.

»Universitätsklinik, guten Tag.« Die Frau an der Aufnahme war verschwunden. Eine andere hatte ihren Platz eingenommen. »Einen Moment, ich sehe nach.« Sie drückte auf einen Knopf, wartete ein paar Sekunden. »Nein, tut mir leid. Er ist schon weg. Universitätsklinik, guten Tag.«

Eva blieb nicht stehen, sondern setzte ihren Weg fort.

Als sie gerade die Tür zu Lenas Zimmer öffnen wollte, sprach ein junger Arzt sie an.

»Frau Jacobi?«, fragte er etwas atemlos. War er gerannt, um sie einzuholen?

Eva nickte kaum wahrnehmbar. Irgendwas in der Stimme hatte sie alarmiert. Sie stellte die Tasche ab.

»Ich muss mit Ihnen sprechen«, sagte der Mann im weißen Kittel.

»Ja, natürlich«, antwortete Eva und wartete.

»Kommen Sie bitte in mein Büro«, sagte der Arzt hastig.

Er führte sie in ein winziges Zimmer, das fast vollständig von einem großen Schreibtisch eingenommen wurde, der unter den Akten fast zusammenbrach.

»Frau Jacobi ...«, begann er noch mal, als sie ihm in einem Sessel gegenübersaß. Wie er ihren Namen wiederholte, missfiel Eva. Sie hatte es eilig, ihre Mutter zu sehen, und hoffte, er werde endlich zur Sache kommen.

»Ich habe ...« Er zögerte, nahm die Brille ab und putzte sie mit einem Papiertaschentuch, ehe er fortfuhr. »Es ist etwas passiert, was wir nicht vorhersehen konnten.«

Er machte wieder eine Pause, suchte sichtbar nach Worten.

»Der Zustand Ihrer Mutter hatte sich stabilisiert. Es ging

ihr besser. Wir waren ganz sicher, dass sie außer Gefahr ist. Und dann plötzlich ... Das kommt sehr selten vor ... Hier haben wir normalerweise alles zur Hand, um schnell zu reagieren, aber auch das ist keine Garantie ...«

Eva war ganz steif vor ängstlicher Erwartung.

»Wir haben alles getan, was in unserer Macht stand ...« Er hob die Arme zum Zeichen seiner Ohnmacht. Der Satz blieb unvollendet. »Ihre Mutter hatte einen weiteren Herzanfall. Einen sehr schweren.«

Eva spürte, wie sie erblasste, ihr Kopf begann zu dröhnen. Sie sprang auf. »Wo ist sie? Kann ich sie sehen?«

»Nein. Das heißt, doch ...«

Er stammelte. Plötzlich verstand Eva.

»Ist sie tot?«, fragte sie ungläubig.

Der Arzt nickte. »Mein herzlichstes Beileid.«

»Aber wie ist das möglich?«, schrie Eva.

»Frau Jacobi, es war nichts zu machen. Alles ging außerordentlich schnell. Wir haben sofort versucht, sie zu reanimieren. Aber vergeblich.«

»Ich bin nur nach Hause gefahren, um ein paar Sachen zu holen, um die sie mich gebeten hatte. Ich war kaum zwei Stunden weg. Und jetzt komme ich wieder, und Sie erzählen mir ... Das ist doch nicht möglich! Ich habe mit ihr gesprochen. Ich habe sie gesehen. Es schien ihr gutzugehen, na ja, halbwegs. Und jetzt, auf einen Schlag, im Handumdrehen ... Das kann nicht sein!«

Eva sah dem jungen Arzt starr in die Augen, als könnte sie ihn dazu bringen, seine Meinung zu ändern.

»Das ist tatsächlich sehr selten. Aber es kommt vor. Leider. Manchmal verlassen uns die Kranken ganz plötzlich, ohne dass wir irgendetwas tun können.« Er ruderte mit den

Armen, als suchte er einen Halt. Einen Ast, einen Felsen. Eine Gewissheit.

Als sie ihn so sah, diesen jungen Mann, den die Routine noch nicht abgestumpft hatte, begriff Eva, dass es keinen Sinn hatte zu kämpfen. Er war müde. Er war traurig. Er wäre gern Gott gewesen, aber er war es nicht.

Von plötzlicher Übelkeit gepackt, fragte sich Eva, ob sie auf seinen Schreibtisch erbrechen würde. Sie wollte noch etwas sagen, da kam das Blackout.

Als sie wieder zu sich kam, beugte sich der Arzt über sie. Er sah noch besorgter aus. Hatte er sie geohrfeigt, um sie wieder aufzuwecken?

»Ich werde Ihnen ein Beruhigungsmittel geben«, erklärte er. Er verschwand einen Moment und kehrte mit einer Spritze in der Hand zurück.

Eva wehrte sich nicht.

Sie musste noch etwas erledigen. Mit oder ohne Beruhigungsmittel. Eines Tages hatte sie Lena ihr Wort gegeben, nachdem sie sie sehr gedrängt hatte. »Es ist kein Scherz, Eva. Wirklich. Du musst es mir versprechen. Das kannst du doch für deine Mutter tun.« Eva hatte genickt. »Ja?«, hatte Lena gefragt. »Ja, Mama.«

»Ich möchte sie sehen«, sagte sie zu dem Arzt, der darauf wartete, dass das Medikament wirkte.

Er blickte sie zweifelnd an. »Sie sollten vielleicht noch etwas warten«, empfahl er behutsam.

»Nein«, erklärte Eva. »Es geht mir gut. Bringen Sie mich zu ihr.«

Der Arzt gab nach und führte sie zu einem Zimmer am Ende eines langen Flurs.

»Ich brauche eine Nadel«, sagte Eva zögernd.

Er sah sie verständnislos an.

»Meine Mutter hatte, wie soll ich Ihnen das erklären, sie hatte Riesenangst bei der Vorstellung, lebendig begraben zu werden. Ich glaube, sie hatte mal einen Dokumentarfilm im Fernsehen gesehen. Es war ihr Alptraum. Sie sprach oft davon.«

»Ich kann Ihnen versichern, dass sie tot ist.«

»Ich glaube es Ihnen. Das ist nicht die Frage. Bringen Sie mir bitte eine Nadel.«

Nach ein paar Minuten kam der Arzt zurück und reichte ihr eine kleine Kanüle. »Geht das?«

»Vielen Dank.«

Er öffnete ihr die Tür und zog sich zurück.

Eva betrat das winzige Zimmer. Da lag Lena, von allen Schläuchen befreit, im Krankenhausnachthemd. Ihr Gesicht war kaum blasser als ein paar Stunden zuvor. Eva ging zum Bett, beugte sich vor und drückte ihrer Mutter einen Kuss auf die Stirn. Ein Gefühl der Fremdheit überfiel sie, Schüchternheit angesichts dieses kalten und schon etwas wachsartigen Körpers, der nicht mehr Lena war.

Vor Eva lag ein toter Körper. Materie mit den Zügen ihrer Mutter, der Gestalt ihrer Mutter. Aber Lena war gegangen. Eva erfasste es nur halb. Es war kalt im Zimmer. Keine metaphysische oder symbolische Kälte. Weder literarisch noch romantisch, sondern notwendig. Alles um sie herum war weiß und technisch. Von übermenschlicher Sauberkeit. Das war kein Ort für Lena. Eva fühlte sich wie in einem der endlosen Alpträume, die manchmal ihre Nächte bevölkerten. Eine abstoßende futuristische Vision. Sie hatten sich nicht verabschiedet. »Ich warte auf dich«, hatte Lena gesagt, aber sie hatte es nicht getan. »Ich warte auf dich.« Sie hatte ihr Versprechen nicht gehalten.

Man sollte nie etwas versprechen, dachte Eva und ging zum Fußende des Bettes. Sie hob das Laken und bohrte die Nadel, ohne genau hinzusehen, in Lenas großen Zeh.

Der letzte Wille, selbst der lächerlichste, war heilig. Man durfte ihm nicht zuwiderhandeln.

Sie schluckte ihre Tränen hinunter.

5

Universitätsklinik, guten Tag.«
Eva floh. Sie wollte nur eins: diesen schrecklichen Ort so schnell wie möglich verlassen. Weit weg sein von dieser Stimme, die immer die gleichen Worte wiederholte. Von dieser Frau, die dafür bezahlt wurde, ewig dasselbe zu sagen. Zehn, zwanzig, dreißig Jahre. Ein Leben der Wiederholung. Auf Kommando. Die kleine Lampe geht an, und hopp, die Formel. Ein Verbalgefängnis, ehe man sich dort oben wiederfand, in dem weißen Zimmer, kalte Materie. Wieder wurde Eva schlecht.

Auf dem Bürgersteig zündete sie sich eine Zigarette an, um die Übelkeit zu verjagen. Lena hätte dasselbe getan. Eva sah sie vor sich, wie sie aus einem Verwaltungsgebäude kam und auf dem Bürgersteig stehen blieb, um sich eine Zigarette zu gönnen. Es war Sommer. Die Röcke waren leicht und der Teer kurz vor dem Schmelzen. Die warme Luft flirrte über dem Asphalt. Man musste nur den Arm ausstrecken, um sie zu berühren, den Stoff ihrer Bluse zu streifen. »Ich steck mir erst mal eine an, Kätzchen, dann gehen wir beide ein Eis essen. Was hältst du davon?« Es folgte das kurze Kratzen des Feuerzeugs. Ihre geliebte Lena, die Lena der hellen Tage.

Eva zerdrückte die Kippe mit einer energischen Drehung des Absatzes. Sie durfte auf keinen Fall die Tür zu den Erinnerungen öffnen, nicht jetzt. Sie hatte keine Schulter, an die sie sich lehnen konnte. Keine Schwester, keinen Bruder, um sie herbeizurufen. Nicht mal einen Cousin. Sie war allein und musste es durchstehen.

Sie betrat die Wohnung, nahm drei von den Tabletten, die ihr der Arzt beim Abschied gegeben hatte, und legte sich angezogen auf die Wohnzimmercouch. Sie hatte nicht den Mut, das Schlafzimmer zu betreten. Einer seltsamen Eingebung folgend, zog sie das blaue Nachthemd aus der Reisetasche, die sie für Lena gepackt hatte, drückte es zu einer Kugel zusammen und versteckte den Kopf darin. Alles in ihr schien plötzlich nach der Mutter zu schreien, wie ein verzweifeltes Kleinkind. Sie sollte da sein. Sie sollte wiederkommen. Jetzt, sofort. Sie wollte sich an ihren warmen Rücken kuscheln, wie sie es manchmal getan hatte, wenn sie einen Alptraum gehabt hatte und zu Lena ins Bett geschlichen kam. Sie schnappte nach Luft, als könne sie nicht mehr richtig atmen. Es war, als schlüge eine Welle über ihr zusammen.

Aber nach einer Weile siegte die Chemie über den Schmerz.

Kaffee kochen, Zucker nehmen, trinken, duschen, einfache, vorhersehbare Dinge erledigen. Einen Fuß vor den anderen setzen, keine Extravaganzen. Das ist das einzige Mittel, der Katastrophe zu entgehen, dachte sie, als sie am nächsten Morgen gegen neun mit dröhnenden Kopfschmerzen aufwachte.

Jede Geste war langsam und kostete sie Überwindung. Aber sie hatte keine Wahl. Sie musste weitermachen und sich den Dingen stellen. So hatte Lena sie erzogen. Augen zu und durch. Auf den großen Beschützer, der alles richtet, durfte man nicht hoffen. Er war ja auch nicht gekommen.

Während sie ihren Kaffee umrührte, versuchte sie sich gezwungenermaßen Lenas Ratschläge in Erinnerung zu rufen, welche Schritte nach ihrem Tod zu unternehmen wären. Lena hatte oft davon gesprochen. Aber Eva glaubte nicht an die Drohung eines plötzlichen Endes, sie empfand diese Anweisungen als höchst geschmacklos und hörte ihnen nur sehr unaufmerksam zu. Meistens folgte die Aufzählung der Verstecke, in denen Lena, die vom Gedanken an einen möglichen Einbrecher besessen war, alle wichtigen Dokumente verstaut hatte. Eva wusste nicht, woher diese Angst vor Dieben rührte, da ihr Lena nie von irgendeinem Einbruchsversuch erzählt hatte.

Die Orte, die ihre Mutter auswählte, um sich gegen das gefürchtete Individuum mit üblen Absichten zu schützen, waren witzig. Ab und zu gab sie einen davon zugunsten eines besseren Platzes auf. So lernten die Dokumente den fettigen Staub unter dem Kühlschrank, die Strahlungswärme des Fernsehers und die Feuchtigkeit des Kellers kennen. Eva hatte keine Ahnung, wo sie sich jetzt befanden. Sie würde die ganze Wohnung auf den Kopf stellen müssen, wo ihr doch schon die Vorstellung, nur das Schlafzimmer zu betreten, unerträglich war.

Kaum eine Stunde war vergangen, als das Telefon schrill zu klingeln begann. Eva nahm nicht ab. Sie hätte es tun sollen, denn der Anrufbeantworter ging an, Lenas tiefe, heisere Stimme ertönte und sagte ungeschickt ihren kleinen Willkommensspruch auf. Eva nahm ihre Tasche und floh aus der Wohnung.

Das Schaufenster des Dessousgeschäfts war hübsch dekoriert. Mit schwarzer Spitze gesäumte Unterwäsche rivalisierte mit hautfarbenen Satinbüstenhaltern und schneeweißen verführerischen Hemdchen. An der Seite waren die praktischen Stücke für eine etwas üppigere Kundschaft ausgestellt: Miederhosen und Wäsche, die wirksam vor Kälte schützte.

Der Schlüssel quietschte im Schloss, und Eva musste viel Geduld aufbringen. Hundertmal hatte es ihr die Mutter erklärt: »Das ist doch ganz einfach. Du musst nur die Klinke ein bisschen nach oben und gleichzeitig nach rechts drücken, und wenn du spürst, dass sich der Schlüssel bewegt, lässt du los. Ganz einfach. Nur eine Frage der Geschicklichkeit.« Sie hatte es ihr bei jedem Besuch vorgeführt. Trotzdem hatte Lena die Tür niemals reparieren lassen, und sie klemmte.

Eva hob, drückte, schob und fluchte. Mit einem Mal, wie durch ein Wunder, gab die Tür nach, und ihr eigenes Gewicht ließ sie nach innen taumeln.

Das Geschäft war in Halbdunkel getaucht. Solange Eva sich erinnern konnte, war es hier immer düster gewesen. Das Licht, das durch Schaufenster und Tür hereinkam, reichte nur für den vorderen Teil des langgezogenen Raums. Vormittags zwischen zehn und elf zierte ein Sonnenviereck den Boden am Eingang und verlieh der kleinen Boutique eine heitere Note. In dieser günstigen Stunde räkelte sich die Katze auf dem dicken cremefarbenen Teppichboden in der Sonne, gähnte, döste und lag majestätisch den Kunden im Weg. Um elf Uhr fünf war es vorbei mit der Helligkeit. Über dem Ladentisch wurde die kleine Lampe mit dem lachsfarbenen Schirm angeschaltet. Im Winter gab es ab fünfzehn Uhr nur noch künstliches Licht. Und der Rest des Tages war lang.

Unter Glockengeklingel schloss Eva die Tür hinter sich. Sofort wurden die Straßengeräusche verschluckt. Sie ging an den hohen Nussholzschränken mit vielen Schubladen vorbei. Alles war perfekt aufgeräumt. Ein verwelkter weißer Tulpenstrauß auf dem Ladentisch war das einzige Indiz für die Abwesenheit der Eigentümerin.

Auf dem kleinen Regal hinter dem Ladentisch war alles an seinem üblichen Platz: das Rechnungsbuch, der CD-Player, die Schlüssel für das Lager und ein paar CDs. Die Minianlage wurde nur nach Ladenschluss eingeschaltet, wenn Lena die Buchhaltung oder Inventur machte. Ansonsten herrschte die Stille über diesem Tempel weiblicher Intimität.

Die CDs steckten nicht alle in ihren Hüllen und verrieten die Unordnung, die Lena in ihrem Privatleben duldete, aber von ihrem Arbeitsort verbannte, wo alles aufs peinlichste geordnet sein musste.

Eva schaltete das Gerät ein, drückte auf »Play« und vernahm das leise Surren der CD, die sich zu drehen begann. Dann, laut, a cappella, *Well, it's one for the money*, Basstrommel, a cappella, *two for the show*, Basstrommel, *three to get ready*, Einsatz von Gitarren und Schlagzeug, *now, go, cat, go, but don't you step on my blue suede shoes, well, you can do anything but lay off my blue suede shoes.*

Elvis' Stimme erfüllte den Raum. Die klare, noch junge Stimme, die Lena geliebt hatte. Die sie im Handumdrehen, mit einem Hüftschwung, nach Amerika getragen hatte, wenn sie ihm einen kleinen Besuch abstatten wollte, ohne die Reise auf sich zu nehmen. Die eng anliegenden farbigen Hemden, das Lächeln im Mundwinkel, die schwarzen Haare, die Haartolle.

Plötzlich sah sich Eva mit der Mutter tanzen. An einem Silvesterabend. Sie war vielleicht elf. Es war das erste Mal, dass sie so lange aufbleiben und Silvester bis zum Ende mit den Großen feiern durfte. Alles drehte sich, schneller, noch schneller. Zwischendurch Lenas strahlendes Gesicht, leicht gerötet, erhitzt vom Champagner und der Musik. Ihre starken Arme, über denen sich der Satin spannte und die sie herumwirbelten.

You can burn my house, steal my car. Tränen stiegen ihr in die Augen. Sie kämpfte nicht mehr dagegen an. *Well, you can do anything but don't you step on my blue suede shoes … Rock it.* Ihre Mama war tot.

Elvis sang weiter. Eva kam nicht auf die Idee, die Musik auszuschalten. Sie stand inmitten der Dessous und weinte. Sie weinte wie ein Kind, laut, schniefend, mit dicken Tränen. Sie hatte nicht mal die Kraft, ein Taschentuch zu suchen. Jede Bewegung war unvorstellbar, so gelähmt war sie von diesem neuen Schmerz. Die Tränen liefen, die Nase lief, alles lief. Hässlicher Fluss aus Rotz, Salzwasser, Bedauern. Sie weinte um alles, was nicht gesagt worden war, und auch um das, was gesagt worden war, Forderungen, manchmal Worte voller Hass. Schwierige Liebe, zu nah, zu ausschließlich, erstickend, unerträglich. Jetzt musste sie nicht mehr kämpfen, vor niemandem mehr fliehen, sie war frei zu gehen, wohin sie wollte. Niemand würde sie mehr zurückhalten. Schluss mit dem schlechten Gewissen, der Auflehnung, den Vorwürfen im Gewand der Fürsorge. In ein paar Wochen würde diese Boutique, die sie so oft gehasst hatte, nur noch eine Erinnerung, ein Bild in ihren Träumen sein. Wie alles andere. Die ziemlich erbärmliche Wohnung, die gottverdammte Katze, die x-te verwöhnte Katze, ein fetter, schläfriger Kater, der sich in Evas Augen in nichts von all seinen Artgenossen unterschied, dieses Nest, das ein Teil der Großstadt sein wollte, aber eigentlich nur ein entfernter Vorort war. Engstirnige, als Metropole verkleidete Provinz. Amerikanische Illusion nach deutscher Art. Nie mehr würde sie den Fuß hineinsetzen. Nie mehr würde sie darüber sprechen. Wem sollte sie dieses Leben auch erzählen? In der Welt, in der sie nun lebte, hatte niemand sie als Kind gekannt. Hatte niemand Lena gekannt. Ihre Lena, ihre Mama, die den Kopf immer ein bisschen nach links neigte, wenn sie zuhörte, wie Eva von ihren Abenteuern erzählte. Ihr Lächeln hinter der Brille, eine Brille zum Lesen, eine Brille, um in die Ferne zu sehen, verlorene und wiedergefundene Brillen, zerbrochene, geflickte Brillen. Sonnenbrille nach schwierigen Nächten. Lena hatte sich allein durchgeschlagen nach dem Tod ihres Mannes, von dem sie nur als »Papa« gesprochen hatten.

Gitarre, leichtes Schlagzeug, *We're caught in a trap. I can't walk out because I love you too much baby*, mehr Schlagzeug, Streicher … *we can't go on together with suspicious minds*, Chorbegleitung. Da war Elvis schon in Weiß, rabenschwarze Koteletten, Cape mit einem Adler auf dem Rücken.

Eva raffte sich auf, die Nase zu putzen. Nachdem sie vergeblich in ihrer Tasche nach einem Taschentuch gesucht hatte, ging sie in die Toilette und griff nach einer Rolle Papier. Es war rosa.

6

Als sie mit der Rolle in der Hand zurückkam, war sie nicht mehr allein. Eine Frau um die sechzig stand an der Tür. Verlegen schaltete Eva die Musik aus.

»Ich habe mir gedacht, dass ich Sie hier finden würde«, sagte die Frau lächelnd und kam auf sie zu. Eva erkannte Carola Horwitz, die Freundin ihrer Mutter, die sie in Paris angerufen hatte. Lena hatte sie erst kennengelernt, als Eva schon in Paris lebte, deshalb hatte sie sie nur ein paarmal gesehen, aber sie wusste, dass sich die beiden Frauen in den letzten Jahren oft getroffen hatten. Wenn sie sich richtig erinnerte, arbeitete Carola als Bibliothekarin in der Stadtbibliothek.

»Ich freue mich, Sie zu sehen.« Carola Horwitz reichte ihr die Hand. »Ich habe heute früh im Krankenhaus angerufen und die traurige Nachricht erhalten. Es tut mir so leid. Ich hatte Ihre Mutter sehr gern.«

Ihre Augen wurden feucht. Eva griff nach ihrer Hand, ohne etwas zu sagen. Sie hatte weder die Kraft noch den Wunsch, sich um den Schmerz der anderen zu kümmern. Aber sie wurde schnell beruhigt, die Freundin ihrer Mutter war nicht gekommen, um ihre eigene Verzweiflung hervorzukehren.

»Sie sollten nicht hierbleiben. Ich habe mir freigenommen. Kommen Sie, wir gehen etwas trinken.«

Widerstandslos sammelte Eva ihre Sachen zusammen und folgte ihr. Carola Horwitz führte sie ins nächste Restaurant, grüßte die Wirtin mit einem Kopfnicken und suchte nach einer ruhigen Ecke. Die langen Tische waren nicht gerade förderlich für vertrauliche Gespräche, aber es war erst halb zwölf, der Mittagsansturm hatte noch nicht begonnen. Nur ein paar Stammgäste tranken schon ihren Schoppen, den traditionellen Apfelwein mit seinem säuerlichen Geruch. Sie lehnten an der Bar und kommentierten wortkarg magere Neuigkeiten.

Carola entschied sich für einen Tisch ganz hinten, zwängte sich auf die Bank davor und wartete geduldig, bis Eva saß. Das dauerte einen Moment. Sie kämpfte mit ihrer Jacke, die zu Boden glitt, kaum dass sie sie über die Stuhllehne gehängt hatte.

»Sie werden vielleicht Hilfe brauchen«, sagte Carola Horwitz. Ehe Eva ihr Angebot ablehnen konnte, fügte sie hinzu: »Es muss Ihnen nicht unangenehm sein, ich tue es für Ihre Mutter.«

Dem war nichts entgegenzusetzen. Eva zwang sich, mehr Dankbarkeit in ihr Lächeln zu legen. Während sie versuchte, etwas Saft aus der trockenen Zitronenscheibe in dem Teeglas zu pressen, das ihr die Kellnerin gebracht hatte, fragte sie: »Ist die Katze bei Ihnen?«

Carola Horwitz nickte: »Ja, Hildchen ist bei mir.«

Hildchen. Richtig. Die Katze verdankte den seltsamen Namen Lenas Bewunderung für die Schauspielerin und Sängerin Hildegard Knef, die von den Deutschen, vor allem den Berlinern, zärtlich Hildchen genannt wurde. Die Schauspielerin hatte große, mandelförmige Katzenaugen – aber ihre eigentliche Besonderheit war ein leichter Silberblick. Schielte

Lenas letzte Katze? Eva erinnerte sich nicht daran, wohl aber an die nervende Angewohnheit ihrer Mutter, sie beim Namen ihrer Katze zu rufen und umgekehrt. Eva hieß nacheinander Rosalie, Carmen und Hildchen. Wenn sie Lena auf ihren Irrtum aufmerksam machte, stammelte diese eine Entschuldigung, schien jedoch nicht richtig zu begreifen, was an diesen häufigen Verwechslungen so beleidigend war. Schließlich hatte sie ihre Tochter schon immer mit dem Kosenamen »Kätzchen« bedacht.

Eva trank einen Schluck Tee. Sie verzog das Gesicht wegen der Bitterkeit des Getränks, das zu lange gezogen hatte, nahm ein Stück Zucker aus der offenen Schale auf dem Tisch und versenkte es in ihrer Tasse.

»Würden Sie Hildchen behalten?«, fragte sie ohne Umschweife.

»Wenn Sie wollen. Sie stört mich nicht. Es ist eine nette Katze. Außerdem ist es eine Erinnerung.«

»Darüber wäre ich sehr froh, ja. Ich habe wirklich keinen Platz für eine Katze«, erklärte Eva etwas verlegen. Einen Moment lang sah sie Hildchen die Krallen an ihrem roten Sofa wetzen. »Sie würde sich bei mir langweilen, verstehen Sie?«

»Natürlich.«

»Danke. Das ist nett. Damit helfen Sie mir sehr.«

Carola lächelte. »Ich glaube, Hildchen wäre lieber bei Ihnen geblieben. Sie gehören zur Familie. Das ist eine Frage des Geruchs.«

»Ich bin sicher, dass sie sich bei Ihnen wohler fühlen wird. Auf lange Sicht, meine ich«, antwortete Eva hastig.

Carola lächelte, sie schwiegen einen Moment und tranken ihren Tee.

Dann stand Eva auf. »Bitte entschuldigen Sie mich. Ich habe sehr viel zu tun. Als Erstes muss ich das Bestattungsinstitut anrufen.«

Carola wies auf ihren Stuhl. »Sie sollten erst mal was essen. Dann kümmern wir uns zusammen um die Formalitäten, wenn Sie wollen.«

Nach kurzem Zögern willigte Eva ein.

Als gerade das Essen gebracht wurde, klingelte ihr Handy. Sie bat Carola um Entschuldigung und ging ran. Es war Victor.

»Guten Tag, mein Schatz«, begrüßte er sie fröhlich. Eva war einen Atemzug lang fassungslos, dann fiel ihr ein, dass er von nichts wusste.

»Ich dachte, wir könnten den gestrigen Abend mit einem Candle-Light-Dinner bei Giovanni nachholen. Das haben wir uns doch verdient, oder?«

»Ich bin in Deutschland. Meine Mutter ist gestorben«, antwortete Eva so leise wie möglich, um nicht die Aufmerksamkeit anderer Gäste auf sich zu ziehen.

Nach längerem Schweigen vermochte Victor seine Verwirrung in Worte zu fassen: »Aber wie ist das möglich?«

Der Fragesatz war ein Fehler.

»Weil es möglich ist, weil alles möglich ist.«

Ihre Stimme war unangenehm scharf. Carola blickte diskret auf ihren Teller.

»Mein armer Liebling. Es tut mir so leid. Wenn ich dir irgendwie helfen kann ...«

Einen kurzen Augenblick hatte Eva Lust zu sagen: »Komm. Spring in den ersten Zug, finde einen Flug, mach, was du willst, aber komm.«

»Das Problem ist, dass ich kein Deutsch kann. Ich wäre also keine große Hilfe«, fuhr er fort.

Natürlich. Beinah hätte sie vergessen, dass ein Mann handeln muss, um sich nützlich zu fühlen. Die Vorstellung, wie Victor rastlos durch die eigentümliche Welt ihrer Mutter tigerte, half ihr, sich zu entscheiden.

»Nein, das stimmt. Du hast recht. Ich ruf dich wieder an.«

»Ja, einverstanden. Machen wir es so.«

Sie meinte, eine Spur von Erleichterung in seiner Stimme wahrzunehmen. Das war sicher normal. Seine Mutter zu verlieren war eine rein persönliche Angelegenheit.

»Ich denk an dich, mein Schatz«, sagte Victor.

Sie unterdrückte einen Seufzer, verabschiedete sich mit ein paar netten Worten und legte auf.

Carola Horwitz lächelte ihr aufmunternd zu, ohne ihr Fragen zu stellen. Sie wünschte ihr nur »Guten Appetit« und aß weiter.

In Lenas Wohnung setzten sich die beiden Frauen in die Küche. Carola kochte Kaffee, während Eva im Telefonbuch blätterte.

Sie verabredete sich für vier Uhr mit einem Bestattungsunternehmer. Dann rief sie in der Universität an, um Bescheid zu sagen, dass sie länger als vorgesehen abwesend sein würde. Die sanfte Stimme der Sekretärin hauchte ihr ins Ohr: »Oh, Ihre liebe Mama. Was für ein Unglück. Das tut mir sehr leid. Mein aufrichtiges Beileid.«

Eva runzelte die Stirn. Sie würde sich nie daran gewöhnen. In den ersten Jahren in Frankreich hatte sie diese vertrauliche Art, von der Frau zu sprechen, die einen zur Welt gebracht hatte, jedes Mal verwirrt. Sie hatte Lena nur selten Mama genannt. Meistens rief sie sie beim Vornamen. Lena hatte das nicht gefallen, aber das war ihr Problem. Diese vertrauteste Bezeichnung für einen Menschen zu verwenden, den man nie gesehen hat, den man niemals sehen wird und der einem darum völlig gleichgültig ist, fand Eva gelinde gesagt merkwürdig. In Deutschland benutzte man gelegentlich die hochtrabende Bezeichnung »Ihre Frau Mutter«, die sie ebenfalls übertrieben fand. Aber deshalb bei jeder Gelegenheit »Ihre liebe Mama« oder »Ihre kleine Mama« zu sagen … Nein, daran würde sie sich nie gewöhnen. Diese erzwungene Annäherung zwischen den Menschen auf der Grundlage des kleinsten gemeinsamen Nenners, der besagt, dass man sich verstehen muss, weil jeder Gefühle für seine Mutter hat, machte sie misstrauisch. Die Herkunft bestimmt die Empfindlichkeiten, dachte sie. Daran erkennt man uns.

»Vielen Dank«, sagte sie distanziert, um das Gespräch zu beenden, und legte auf.

Sie trank den heißen Kaffee, den Carola ihr hingestellt hatte, stand auf und begann eilig, in der Wohnung aufzuräumen. Lena hätte gewollt, dass die tadellose Fassade wiederhergestellt wurde, die sie Besuchern stets präsentiert hatte.

7

Während sie das Bett machte, erinnerte sich Eva an die fieberhafte Aktivität, die ihre Mutter entfaltete, wenn Gäste erwartet wurden.

Es war, als ginge ein Tropensturm auf das Haus nieder. Erst wurde ein Menü zusammengestellt, diskutiert, verändert. Das Silberbesteck wurde herausgeholt und poliert, das Waschbecken geputzt und getrocknet; kein Wassertropfen sollte das Becken aus rosa Keramik verunstalten. Der Boden wurde ausgiebig gewischt, der Staubsauger bis in die letzten Ecken gebracht. Jeder Teller, den sie aus dem großen Büfett nahmen, musste noch mal abgewischt werden. Das Tischtuch und die passenden Servietten wurden gebügelt, Blumen in die Vasen verteilt.

Die Vorbereitungen begannen morgens gegen acht und endeten meistens eine knappe halbe Stunde vor dem Eintreffen der gefürchteten Gäste. Mutter und Tochter hatten gerade noch Zeit, sich angemessen zu kleiden, also nicht mehr und nicht weniger elegant als die erwarteten Gäste, und Straßenschuhe anzuziehen, ehe es an der Tür klingelte. So erschöpft, wie sie inzwischen waren, konnten sie sich nicht mehr über den Besuch freuen.

Bei diesen Abendessen herrschte eine freundliche, aber verkrampfte Atmosphäre. Lena umsorgte jeden Anwesenden. Die Gespräche waren nicht gerade fesselnd, aber auch nicht langweilig. Sie flossen dahin wie Bäche mit grünenden Ufern.

Dennoch schwebte die dumpfe Angst über dem Tisch, es könnte einen Zwischenfall geben. Die möglichen Katastrophen gliederten sich in drei Kategorien.

Die erste betraf das Essen, das war die gefährlichste. Einmal wurde das Unheil durch eine Kirschtorte ausgelöst, die sehr appetitlich aussah, als sie auf den Tisch kam; das Unglück wurde beim ersten Bissen offenbar, der bei den Anwesenden plötzlich konzentriertes Schweigen auslöste. Die Sauerkirschen aus dem Glas, die das Backwerk bedeckten, waren nicht entkernt! Diskret wurden die Verräter ausgespuckt und bildeten rote, schleimige Häufchen auf dem Tellerrand. Lena erbleichte, stammelte Entschuldigungen und wollte die Teller mit den angefangenen Tortenstücken einsammeln, aber die Gäste bestanden darauf, ihre Portion aufzuessen. Einer trieb die Grausamkeit gar so weit, sich ein zweites Stück zu nehmen. Eva konnte ihr Kichern nicht unterdrücken. Lena durchbohrte sie mit einem Blick und erholte sich den ganzen Abend nicht von dem Schreck. Ihre Qual endete erst mit der Verabschiedung der Gäste.

Dieser Zwischenfall machte Lena noch einen Monat nach dem unglückseligen Abend zu schaffen. Lange Zeit verzichtete sie auf jede Einladung.

Eva lächelte bei der Erinnerung an diese harmlose Geschichte. Warum nahm Lena solche Kleinigkeiten so ernst? Das hatte sich Eva oft gefragt. Vielleicht hatte sie gehofft, ihre bescheidene Herkunft hinter sich zu lassen, als sie Leander heiratete. Und musste dann feststellen, dass es nicht so einfach war. Um ihre »gesellschaftlichen Verpflichtungen«, wie sie sie nannte, entspannt wahrzunehmen, brauchte sie jemanden neben sich, der darüber lachte. Leander war völlig unbekümmert. Einmal war er bei der Ankunft der Gäste noch nicht mal angezogen und sprang splitternackt durch die Gegend, um Lenas Nervosität zu imitieren, dazu stieß er schrille Schreie aus: »O mein Gott, Leander, um Himmels willen, mach was. Verzeihen Sie ihm, verzeihen Sie ihm!« Eva saß im Pyjama auf dem Sofa im Wohnzimmer und hatte Bauchschmerzen, so sehr lachte sie über ihren Papa.

Das hatte ihr danach am meisten gefehlt, diese Ausbrüche fröhlicher Sorglosigkeit. Die Momente, in denen sie eine Familie waren, weil sie gemeinsam herumkasperten.

Eva schloss das Schubfach, in das sie die Strümpfe geräumt hatte, und legte die Nachthemden zusammen, die sie am Vorabend aus dem Schrank gezerrt hatte.

Die zweite Kategorie von Katastrophen, die Lena bei diesen Einladungen fürchtete, war das peinliche Schweigen. Ein Gespräch, das plötzlich steckenblieb oder ganz allmählich zerfaserte und in lastendem Schweigen mündete, löste bei ihr heftiges Unbehagen aus. Um so etwas zu verhindern, musste man eine Palette von Gesprächsthemen in Reserve haben, die unverfänglich waren und zugleich würdig, länger anhaltendes Interesse zu wecken. Solche Themen waren selten, deshalb empfahl es sich, sie vorzubereiten, um sie dann mit eleganter Spontaneität anschneiden zu können. Da Lena oft in der Küche beschäftigt war und nicht auf den fatalen Moment lauern konnte, in dem die bis dahin lebhafte Diskussion plötzlich verstummte, lag die schwere Verantwortung für eine reibungslose Konversation bei Eva. Und das, seit sie dreizehn war.

Sie lernte schnell, dass man ein kurzes psychologisches Porträt jedes Anwesenden erstellen musste, um diese Aufgabe zu erfüllen. Potenzielle Trampel oder taktlose Witzbolde mussten besonders überwacht werden. Die Schüchternen mit einer starken Neigung zur Wortkargheit waren eine weitere Quelle des Misstrauens. Man musste also die einen beruhigen und gleichzeitig die anderen ermuntern, ohne dass jemand es merkte. So eine höchst diplomatische Mission vertraute man gewöhnlich nur erprobten Vermittlern an.

Die dritte Kategorie waren Naturkatastrophen wie Stromausfall oder Erdbeben. Trotz ihrer auf den ersten Blick größeren Tragweite waren sie letztendlich die harmlosesten, weil sie nur selten eintraten und weil Lena gegebenenfalls nicht im Geringsten dafür verantwortlich gemacht werden konnte.

Wegen der psychischen Belastung waren diese aufregenden Abendgesellschaften recht selten. Und wenn sie auch nie ihre Hauptfunktion erfüllt hatten, die Einsamkeit ihrer Mutter zu lindern, so hatten sie unbestreitbar Evas Beobachtungssinn geschärft.

Als Carola ins Zimmer kam, saß Eva in ihren Erinnerungen versunken auf dem Bett. Sie setzte sich neben sie, legte die Hand auf ihre und fragte sanft: »Wissen Sie, ob Lena ein Testament gemacht hat, Eva?«

»Ich glaube nicht. Das war nicht nötig. Sie hat keine Familie außer mir.«

»Sie haben sicher recht, aber man muss es überprüfen. Man wird Sie bestimmt danach fragen. Wissen Sie, wo Lena ihre Papiere aufbewahrt hat?«

Eva zündete sich eine Zigarette an und nahm einen tiefen Zug, ehe sie antwortete. »Keine Ahnung. Sie hat sie ständig woanders versteckt.«

Carola sah sie fragend an.

»Wegen der Einbrecher«, erklärte Eva.

»Ach so. Wurde sie mal bestohlen?«

»Nein.«

Carola wirkte erstaunt. Eva zuckte die Schultern.

»Na gut. Dann müssen wir wohl suchen. Das kann ja nicht so schwer sein«, erklärte die energische Freundin. »Aber vielleicht wollen Sie das lieber allein tun. Ich will mich nicht in Ihre Privatangelegenheiten einmischen.«

Eva, die schon ahnte, was sie erwartete, zerstreute eilig die Skrupel der freundlichen Frau. »Nein, nein. Ich bitte Sie. Zu zweit geht es bestimmt schneller.«

8

Carola vergeudete eine Stunde damit, die naheliegenden Verstecke zu durchforschen. Eva, die sie nicht entmutigen wollte, ließ sie gewähren, folgte aber selbst, ihrer Erfahrung vertrauend, abwegigeren Gedankengängen.

Sie suchten schweigend. Man hörte nur ihren Atem und das Parkett, das unter ihren Füßen knarrte. Stühle knackten, das Büfett jammerte und das Bett stöhnte. Nach zwei Stunden trafen sie sich zerzaust und mit geröteten Gesichtern in der Küche wieder.

»Das hier habe ich gefunden«, sagte Carola und reichte ihr einen Prospekt von Graceland, dem Haus von Elvis Presley. Zwischen den Seiten befand sich ein Flugticket. »Wussten Sie, dass Ihre Mutter vorhatte, in die USA zu reisen?«

Eva konnte es kaum fassen. »Keineswegs! Sie hat mir nie davon erzählt!« Sie drehte die Dokumente hin und her, als würden sie ihr irgendeine Information über Lenas Pläne offenbaren. »Ich hatte nicht die geringste Ahnung. Außerdem reiste sie nicht gern. Überhaupt nicht.«

Aufmerksam studierte Eva das Flugticket, das tatsächlich auf Lenas Namen ausgestellt war. Die Reise hätte am 14. Juni beginnen und am 28. enden sollen. Sie war langfristig geplant.

Dass ihr Lena nichts davon gesagt hatte, beschäftigte Eva sehr. Sie legte Ticket und Prospekt auf den Küchentisch und nahm sich vor, sie sich genauer anzusehen, wenn sie allein wäre. Dann setzte sie nachdenklich ihre Suche fort.

Eine halbe Stunde später fanden sie die Papiere in einem dicken Umschlag, der unter das große Wohnzimmerbüfett geklebt war.

Neben den offiziellen Dokumenten – einer Vollmacht, der Police einer Lebensversicherung, einem Familienbuch und einem kurzen Testament, das besagte, dass all ihr Besitz an ihre einzige Tochter gehen würde – fanden sie eine goldene Uhr. Eva kannte sie gut. Ihre Mutter hatte sie nur bei besonderen Anlässen getragen. Gerührt zog Eva sie auf, stellte sie und legte sie sich ums Handgelenk. Ein kleiner Umschlag mit ihrem Namen lag neben der Uhr. Eva zögerte, dann entschloss sie sich, ihn zu öffnen, nachdem Carola diskret das Zimmer verlassen hatte.

Pass gut auf sie auf, Kätzchen, sie ist sehr wertvoll.
Du weißt ja, dass sie Deiner Großmutter gehört hat.
Vielleicht musst Du sie eines Tages verkaufen.
Ich hab Dich lieb.
Mama

Eva blieb reglos mit der kleinen violetten Karte in der Hand stehen. Sie sah Lena vor sich, wie sie sich abends im Licht der kleinen Schreibtischlampe über ihr Rechnungsbuch beugte und sorgfältig alle Ausgaben notierte. Ein Heft, drei Bleistifte, kleine Umschläge, vier Scheiben Schinken, fünf Stangen Chicorée, zwei Glühlampen, eine Rolle rotes Garn, eine Rolle hellblaues Garn, eine Tafel Schokolade. Dann addierte sie ganz unten die Ausgaben des Tages, immer mit besorgter Miene, rechnete zweimal nach, damit die Summe auch stimmte. Miete, Strom, Telefon, Gas, Monat für Monat, Jahr für Jahr. Neue Schuhe zum Schulanfang, Bücher, Mappe, Friseur, all die unverzichtbaren Dinge, die man unbedingt brauchte, die man nicht mehr brauchte, die von anderen Dingen ersetzt wurden, die selbst wieder auf dem Speicher landeten, alt, unmodern, abgetragen, ungeliebt oder doch zu sehr geliebt, um sich ganz davon zu trennen, all das Zeug, das man kaufen, einräumen, lagern musste, das Geld kostete, Lena hatte es bezahlt, ohne mit der Wimper zu zucken. Sie hatte niemals Theater wegen der Ausgaben gemacht. Aber ihr ständiges Rechnen sprach für sich.

Sobald Lena abends gegen sieben ihr Rechnungsbuch hervorholte, verschwand Eva in ihrem Zimmer. »Ich muss noch Hausaufgaben machen«, behauptete sie. Der Mutter beim Rechnen zuzusehen war ihr unerträglich.

Einmal, Eva war noch im Kindergarten, hatte ihr Lena als Belohnung für ihre Tapferkeit beim Zahnarzt ein Geschenk versprochen. Eva hatte ihr anvertraut, dass sie sich seit langem den Tuschkasten wünschte, den sie im Schaufenster eines Schreibwarenladens in der Nähe gesehen hatte. Als Lena sie vom Kindergarten abholte, reichte sie ihr stolz ein Päckchen mit einem Band. Aber mit einem Blick, ohne auch nur das schöne Papier aufzureißen, erkannte Eva, dass es der kleine Kasten mit einer Reihe Farben war, während sie von dem großen geträumt hatte, in dem es auch Silber, Gold und mehrere Rottöne gab. Da sie ihre Mutter nicht verletzen wollte, kämpfte sie tapfer gegen die Tränen, aber sie konnte die Enttäuschung nicht ganz verbergen. Lena verlangte eine Erklärung, dann nahm sie sie bei der Hand, und gemeinsam gingen sie den kleinen Tuschkasten gegen den großen austauschen. Aber die Freude war verschwunden. Während des ganzen Wegs schämte sich Eva. Schämte sich, die Freude der Mutter verdorben zu haben, schämte sich, Luxusträume zu haben, während Lena Mühe hatte, sie durchzubringen. Sie machte Faxen, und Lena lachte über ihre Grimassen. Aber Eva hatte diesen verdammten Tuschkasten nie vergessen, der sie jedes Mal anzuklagen schien, wenn sie ihn aufklappte.

Ein großer Tuschkasten = zwölf Mark fünfzig. Gefolgt vom Klingeln der Kasse, in der das Geld verschwindet. Sie hätte gern geschrien: »Nein, halt! Es ist nicht nötig. Der andere reicht mir vollkommen. Ich behalte ihn.« Aber es war zu spät. Ein großer Tuschkasten = zwölf Mark fünfzig.

9

Der Bestattungsunternehmer war ein kleiner, schwarzgekleideter Mann mit streng zurückgekämmtem Haar, der sich als Weingart vorstellte. Zur Perfektion getriebene Bedeutungslosigkeit.

Er setzte sich auf den Stuhl, den Carola ihm anbot, und legte einen großen schwarzen Ordner auf den Tisch. Man hätte darin auch Castingfotos vermuten können, aber statt aufreizender Models enthielt er Abbildungen von Särgen.

Ein großes Angebot wurde vor ihnen ausgebreitet, vom einfachen Kiefernkasten bis zu Mahagonisärgen mit reichverzierten Griffen. Herr Weingart blätterte die Seiten ebenso zurückhaltend wie eifrig um, ging schnell über die ersten Modelle hinweg, die zwar völlig ausreichend, aber doch recht bescheiden waren. Beflissen erklärte er, es gebe natürlich keinerlei Verpflichtung, aus der höheren Preisklasse zu wählen, aber Kunden, die über ein gewisses Guthaben verfügten, zögen meist etwas gediegenere Modelle vor.

Das sechste und siebente Foto zeigten die beliebtesten Särge, die nicht protzig waren, dem Verstorbenen und damit auch seiner Familie jedoch eine schöne Würde verliehen. Herr Weingart ließ diese Seiten etwas länger aufgeschlagen, um Eva Zeit zum Überlegen zu geben.

Dann zeigte er die auffälligeren Ausführungen mit verschnörkelten Ornamenten. Einer von ihnen war ganz weiß.

Er erinnerte Eva an den Leichenwagen, in dem man Elvis' Sarg transportiert hatte. Die ganze Welt hatte zugesehen, als er die breite, von weinenden Fans gesäumte Straße entlangfuhr. Eva wunderte sich, diese Extravaganz inmitten des spießigen Geschmacks zu finden, der die anderen Seiten füllte. Einen Moment war sie versucht, diesen Sarg auszuwählen, da die Absurdität der Situation ihren Widerspruchsgeist kitzelte, aber sie besann sich schnell.

Nach einem Blick zu Carola, die mit einem Kopfnicken zustimmte, entschied sie sich für eins der am häufigsten gekauften Modelle aus Kirschholz mit einfachen schwarzen Griffen. Sie war sicher, dass Lena dieselbe Auswahl getroffen hätte.

Sie glaubte, am Ende ihrer Pein zu sein, wurde jedoch rasch eines Besseren belehrt. Jetzt musste sie sich für den Stoff im Innern des Sargs, für das Leichentuch, die Blumengestecke, die Kerzen, die während der Zeremonie brennen würden, die Zahl der Träger und die Todesanzeige interessieren.

Herr Weingart rief in der nahe gelegenen Kirche an, in der Eva konfirmiert worden war, und reservierte den Dienstagmorgen für die Beisetzung. »Dann haben Sie noch drei Tage, um alles zu organisieren«, erklärte er ihr. »Sie müssen auch noch einen Termin mit dem Pfarrer ausmachen, um über die Verstorbene zu sprechen.«

Eva nickte schwach.

Carola hatte die gute Idee, noch einmal Kaffee zu kochen. Das schwarze Getränk gab Eva genug Kraft, um den detaillierten Ablauf des Abschiedsrituals zu planen. Niemand kann dem Gesetz entrinnen.

Als Herr Weingart gegangen war, verspürte Eva ein

starkes Bedürfnis, sich zu bewegen. Vor der Wohnungstür verabschiedete sie sich von Carola Horwitz, die nach Hause ging, aber versprach, am nächsten Abend wiederzukommen.

Eva ging die kleine Straße hinauf, die in den oberen Teil des Viertels führte. Von dort gelangte man zu den Feldern der Gemüsebauern, den ursprünglichen Bewohnern, als es noch ein ganz normales Dorf war. Wenn man geradeaus weiterging, war man in einer Viertelstunde im Wald.

Eva ging an den Feldern entlang. Sie erkannte den Geruch der Erde wieder. Wie oft war sie nach der Schule hier herumgerannt und hatte die von den Düften der Jahreszeit gesättigte Luft eingeatmet! Schon lange hatte sie nicht mehr den Frühling oder Herbst gesucht. In Paris waren die Spuren der Natur von einer allzu perfekten Urbanität verjagt worden. Das hatte sie bisher nie gestört.

Ihre Pariserinnerungen betrafen vor allem Innenräume, die so schwer zu erobern waren. Sie erinnerte sich an Spaziergänge in Begleitung echter Pariser. »Du bist nicht von hier, ich werde dir die versteckten Wunder der Stadt offenbaren.« Führungen voll Besitzerstolz. Zwei, drei, vier, zehn. Dank dieser freundlichen Aufmerksamkeit hatte sie Paris in kurzer Zeit kennengelernt.

Der eifrigste Führer war Michel: Sainte-Chapelle, die oberste Etage der Samaritaine, das Musée Gustave Moreau, der Garten des Lateinamerikahauses. Ein kleiner Geschichtskurs, eine passende Anekdote. Er war ein fesselnder, lustiger, brillanter Erzähler. Und dennoch waren diese Ausflüge oft eine Qual für Eva. Jedes Monument entfernte sie von seinem Körper. Denn die Zeit war immer begrenzt. An den Nachmittagen mit Stadtführung schliefen sie nicht miteinander. Umarmten sich nicht. Oder nur in irgendwelchen

Toreinfahrten, wie Jugendliche, die sie nicht mehr waren. Die Vereinigung im Stehen an eine Mülltonne gelehnt, der widerliche Geruch, der daraus aufstieg. Über Evas Furcht, so halb nackt von einem Passanten entdeckt zu werden, lachte er nur. »Deine charmante Prüderie«, sagte er dazu.

Der Himmel war wolkenlos. Es war mild. Dort, wo Eva stand, konnte sie in der Ferne die Wolkenkratzer des Stadtzentrums am Fluss sehen.

Ein kleiner Junge überholte sie lauthals singend auf dem Fahrrad. Ein Liebespaar, das ihr entgegenkam, bemerkte sie kaum.

Genau hier, auf dieser Bank hatte sie ein langes Gespräch mit einem Freund geführt, mit dem sie sich eine Zeitlang traf, ehe sie ihn aus den Augen verlor. Bei ihrem letzten Treffen hatte er ihr eine LP mit dem *Köln Concert* von Keith Jarrett geschenkt, die er loswerden wollte, um in seiner Wohnung Platz zu schaffen. Ein Einrichtungsminimalist. Sie sah ihn noch den Kofferraum öffnen, sich vorbeugen und eine Weile suchen. Er war sehr groß. Mit einer schroffen Geste hatte er ihr das Album hingestreckt. »Da, willst du's?«

Sie hatte genickt. Mit achtzehn lehnt man kein Geschenk ab. Man versinkt noch nicht in den Dingen, eingezwängt zwischen der hässlichen Vase von Tante Léonie, die man sich nicht wegzuwerfen traut, und der roten Lampe, die nicht richtig funktioniert, die man an einem Regentag bei einem Trödler gefunden hat, mit einem Liebhaber, der inzwischen zu einer anderen verschwunden ist.

Als sie die Platte zum ersten Mal hörte, stockte ihr der Atem. Das war bis heute eins der schönsten Musikerlebnisse, die sie je gehabt hatte. Zurückhaltung und Zartgefühl, dann wieder die Wucht des Ozeans, eine plötzlich dem Himmel entgegengeschleuderte Frage. Auslassungspunkte und berauschende Wiederholungen, ein paar Noten wie Kinderschritte, hüpfend, voll sorgloser Kraft, vor dem Hintergrund von strömendem Wasser.

Später hatte sie erfahren, dass Keith Jarrett an jenem Abend nicht spielen wollte. Das Piano, an das er gewöhnt war, war nicht rechtzeitig eingetroffen, er fühlte sich nicht wohl. Schließlich hatte er sich bereit erklärt, auf einem anderen Klavier zu spielen. Während des ganzen Konzerts musste er gegen dieses Instrument kämpfen, das sich ihm zu widersetzen schien. Was man da hörte, war also nicht die Frucht einer perfekten Harmonie zwischen dem Menschen und seinem Ausdrucksmittel, sondern im Gegenteil das Ergebnis einer dumpfen Schlacht.

Sie hatte oft an diese Geschichte gedacht, wenn sich ihr die Dinge, die sie anpackte, zu widersetzen schienen. Wenn ihr Abergläubische, die jeden Zwischenfall kommentieren müssen, sagten: »Wenn dir zu viele Hindernisse begegnen, solltest du besser aufgeben.« In solchen Momenten erinnerte sie sich an das *Köln Concert*, es half ihr, alle esoterischen Erfahrungen der anderen über Bord zu werfen und den Weg zu gehen, den sie gehen wollte.

Sie spürte diese Musik förmlich in sich aufsteigen. Physisch. Ein Impuls, der sie vorantrieb. Musik des Lebens, Musik des Todes, die ihren Körper erfüllte. Etwas Melancholisches, das ihr jedoch die Kraft zum Weitermachen gab. In Freude und Schmerz. In der paradoxen Freude, die zuweilen aus dem Schmerz entsteht. Einfach, weil man sich lebendig fühlt. Verletzlich, verletzt, gerettet, zurückgekehrt, wieder aufgebrochen, also lebendig.

Allmählich brach der Abend herein. Auf dem gelbbraunen Boden tanzte ihr Schatten vor ihr her. Eva nahm einen Weg, der zu ihrem Viertel zurückführte. Als sie an einem Grundstück vorbeiging, bellte ein Hund und warf sich heftig gegen den Gartenzaun. Sie zuckte zusammen.

Plötzlich war Lena wieder da. Ganz nah. Als liefe sie neben ihr, ein bisschen außer Atem. Als Eva klein war, waren sie oft hoch zu einem großen Spielplatz am Waldrand gegangen, mit Tierskulpturen, aus denen Wasser sprudelte. Im Sommer rannten die Kinder kreischend unter dem eisigen Strahl der Frösche hindurch. Lenas Spur war überall in diese Landschaft eingegraben. Eva meinte ihre Stimme zu hören.

»Warte, Kätzchen. Geh nicht zu weit.«

Sie setzte sich auf eine Bank und zündete eine Zigarette an. Das Licht nahm ab, ließ die Schatten verschmelzen. Der Mond tauchte vorzeitig am noch hellen Himmel auf. Kinderstimmen drangen aus den nahen Häusern. Eva hatte die Beine an die Brust gezogen und weinte.

10

Als sie endlich nach Hause kam, war es schon lange dunkel. Sie stellte ihre Tasche in den Flur und machte nacheinander alle Lampen an, angefangen in der Küche, wie Lena es immer getan hatte.

Ihr Blick blieb am Porträt ihres Vaters hängen, das auf dem Wohnzimmerbüfett stand. Es stand dort seit dreiunddreißig Jahren, ihr Vater, jung und lächelnd, in seiner smaragdgrünen Hose und dem weißen Hemd, dessen Ärmel aufgekrempelt waren. Plötzlich wurde Eva bewusst, dass sie jetzt älter war als ihr Vater damals. Lena hatte ihr immer erzählt, dass sie ihm sehr ähnlich sei. Sie hatte nie so recht verstanden, worin. Als sie das Foto aufmerksam anschaute, stellte sie fest, dass es jetzt zutraf.

Das Foto war eins der letzten, die vor dem Unfall aufgenommen worden waren. An einem Sonntag. Sie hatten ein Picknick im Grünen gemacht. Im Hintergrund sah man den Rand der roten Decke, auf der die Teller und das Essen ausgebreitet waren. Sie hatten harte Eier und Wassermelone gegessen. Sie waren von Mücken aufgefressen worden. Eva war auf einen Baum geklettert. Drei Wochen später war ihr Papa tot. Eva war sechs.

Sie hatte nur sehr spärliche Erinnerungen an ihn. Er hatte mit einem Partner ein Architekturbüro gegründet, nun mussten sie so viele Aufträge wie möglich beschaffen; er fuhr früh am Morgen los und kam spätabends nach Hause, wenn Eva schon schlief.

Manchmal ging er am Sonntagmorgen mit ihr Brötchen holen. Eva erinnerte sich an den Tabakgeruch seines beigefarbenen Pullovers, an die Mütze, die er an Regentagen trug, und an seine starken Hände mit den nikotingelben Fingern. Aber im Alltag, vor dem Kindergarten, in einem Geschäft oder beim Kinderarzt sah sie ihn nicht. Da sah sie immer nur Lena.

Die Wohnung war in die Dunkelheit und die Stille des Abends getaucht. Seit frühester Kindheit war Eva mit der Stille vertraut, die zu jeder Tageszeit eine andere Farbe hatte. Am Nachmittag war sie am schlimmsten, denn eigentlich hatte sie da nichts zu suchen. Am Abend war sie märchenhaft und melancholisch, niemals ganz ungestört. Auch jetzt drangen gedämpfte Stimmen von den Nachbarn zu ihr. Die Kinder waren im Bett und träumten von einem neuen Tag voller Verheißung. Träumten von Katzen, Hunden, Kuchen und Schlössern. Von Drachen und Prinzessinnen.

Eva war allein in der Wohnung, in der sie ihre ganze Kindheit verbracht hatte. Bald würden hier fremde Leute wohnen. Leute, die sie nicht kennen, deren Träume sie nicht teilen würde. Auch sie würden nur für begrenzte Zeit bleiben.

Sie hätte nicht sagen können, ob diese Vorstellung sie störte. Sie hatte die damals moderne, funktionelle Dreizimmerwohnung, die allen anderen Wohnungen im Haus glich, nie besonders gemocht. Immer wieder hatte sie ihrer Mutter vorgeschlagen umzuziehen. Aber Lena hatte sich nie dazu durchringen können. Nicht aus Begeisterung für den Schnitt der Wohnung oder die Umgebung, sondern weil die Miete niedrig war und weil die Gewissheit, sie bezahlen zu können, ihre Zukunftsangst etwas dämpfte. Ihre Angst als alleinerziehende Mutter ohne jede finanzielle Unterstützung. Eine Frau allein, die auf dieses Schicksal nicht vorbereitet war.

Wenn Lenas Eltern zu Besuch kamen, erklärten sie der Enkelin immer, dass sie sehr brav sein müsse. Dass ihre arme Mutter schon genug Sorgen habe. Dass sie sich in der Schule anstrengen und gut aufpassen, immer gehorchen und der Mutter helfen müsse. »Deine Mutter hat es nämlich nicht leicht. Sie hat nur dich.«

Die schwere Bürde.

Was Eva an dieser Wohnung gefallen hatte, war die unmittelbare Umgebung. Ganz am Anfang gab es ringsum fast gar nichts. Brachland. Ein paar Bäume, Erde, die sich beim ersten Regen in Schlamm verwandelte, Unkraut. Kleine Hügel. Die Kinder waren den ganzen Tag draußen, kletterten auf die Bäume, spielten Verstecken, gruben Schätze ein und wieder aus, waren Piraten, bauten Hütten. Eva hatte ihren Schlüssel um den Hals gehängt, damit sie jederzeit nach Hause kommen konnte, auch wenn ihre Mutter nicht da war. So nannte man sie in Zeitschriftenartikeln: Schlüsselkinder. Soziokulturelle Risikogruppe. Lächerlich, dachte sie.

Sie ging in die Küche, öffnete den Kühlschrank und die Schränke auf der Suche nach etwas Essbarem. Sie fand eine Packung Spaghetti, Olivenöl und eine Dose Thunfisch.

An den Küchentisch gelehnt, sah sie zu, wie das Wasser zu sprudeln begann.

Lena hatte immer nur für die Pflicht gelebt. Bis zum Ende. Jeden Morgen um halb sieben aufstehen, sechs Tage in der Woche. Ein hartes Leben.

Hatte sie nach Evas Vater andere Männer gehabt? Wahrscheinlich. Aber davon hatte Eva nicht viel mitbekommen. Lena hatte immer versucht, eine vorbildliche Mutter zu sein. Das Fehlen sichtbarer Liebhaber war vermutlich Teil dieses ehrgeizigen Vorhabens.

Eva warf die Nudeln ins kochende Wasser und stellte einen Teller auf den Tisch, wozu sie ein paar Sachen beiseiteschieben musste, die sich im Laufe des Tages angesammelt hatten. Ein kleiner Stapel verschiedener Papiere verteilte sich auf dem Tisch, dabei kam das Flugticket zum Vorschein, das Carola entdeckt und das Eva in den aufreibenden Stunden, die hinter ihr lagen, vergessen hatte.

Abflug am 14. Juni nach Memphis, Tennessee. Kein Zweifel. Lena hatte die Absicht gehabt, Elvis Presleys Haus zu besuchen, und sie hatte niemandem davon erzählt. Unglaublich.

11

Als Eva Elvis zum ersten Mal bewusst singen hörte, war sie ungefähr neun. Bei einer Autofahrt, im Radio, plötzlich war die Stimme ihrer Mutter ganz aufgeregt: »Hör mal, Eva, hör mal. Das ist Elvis.« Wie man von einer heimlichen Liebe spricht. Mit diesem winzigen Tremolo, das sich nicht unterdrücken lässt. Rhythmuswechsel. Die Landschaft zog schneller vorbei. *Well, that's all right, Mama, that's all right for you.*

Der Sitz erbebte unter Evas begeistertem und chaotischem Zucken. Ihre erste Begegnung mit dem Rock 'n' Roll! Lena schlug rhythmisch mit der Hand auf das Lenkrad und nickte ganz schnell mit dem Kopf, wie ein Vogel, der nach einer langen Hungersnot Körner pickt.

Ein paar Monate später sprangen ihnen während der Ferien in einem österreichischen Dörfchen die großen Schlagzeilen der Zeitungen entgegen: »*The King is dead.*«

Seltsame Bilder eines weißgekleideten Mannes mit riesigen Koteletten, die einen Teil seines aufgedunsenen Gesichts verbergen. Die ganze Welt weinte um ihn, der dem jungen, schlanken Dandy, den Eva auf einer Plattenhülle bewundert hatte, kaum noch ähnlich sah. Drei Tage Huldigungen, Lieder, Lieder und noch mehr Lieder. Eine einzigartige, magische Stimme, die ihn am Ende verlassen hatte.

Scharfe Kommentare, was aus diesem Wunder geworden

sei. Die entfesselte Skandalpresse sprach von Waffen, Wahnsinn, Medikamenten. Fotos des Stars gingen um die Welt, darauf war er dick, verloren, die Augen hinter einer dunklen Sonnenbrille versteckt. Die *Memphis Mafia* wurde verhaftet, verhört, freigelassen. Viel Lärm, Druckerschwärze, gestohlene Fotos. Aber was immer man auch sagte, alle erlebten das Ereignis wie ein Erdbeben.

Damals war etwas Komisches in Evas Kopf passiert, daran erinnerte sie sich gut. Sie verspürte eine gewisse Faszination. Als hätte sie zum ersten Mal verstanden, dass Maßlosigkeit denkbar war, dass man sich für die Abkehr von Vollkornbrot und Gemüse entscheiden konnte.

Lena hatte ihr erlaubt fernzusehen. Bilder aus allen Epochen in Elvis' Leben zogen vorbei. Sie erinnerte sich noch an Aufnahmen, die etwa von 1973 stammten. Noch nicht ganz am Ende. Man sieht ihn gehen, von der Menge umjubelt. Jemand bahnt ihm einen Weg. Plötzlich dreht er sich um und lächelt in die Kamera. Und es ist der strahlende Blick eines jungen Mannes, er hat sogar etwas Kindliches. Hinweggefegt die Schminke, der exzentrische Anzug, die Kurzatmigkeit. Ausgerissen die bösen Zungen. *»Ladies and gentlemen, here comes the king.«*

Sie hatte bei Elvis' Tod bitterlich geweint. Es war ein tragischer Tag, kein Zweifel. Auch ihre Mutter hatte um diesen bleichen, müden Mann geweint und bei der Gelegenheit auch um ihre eigene Jugend, alles auf einmal. Sie hatten zusammen geweint. Zwei lächerliche Frauenzimmer, eine mit raschelndem Röckchen und Pferdeschwanz, die andere mit unter den Falten des weiten Kleides kaschiertem Bauchansatz, schnieften einträchtig vor dem Fernseher. Aber es tat gut.

That's all right, Mama
That's all right for you ...

I'm leaving town, baby
I'm leaving town for sure
Well, then you won't be bothered with
Me hanging round your door
Well, that's all right ...

Mit der Zeit hatten neue Leidenschaften diese erste verdrängt. Queen, Prince, Bruce Springsteen, Elton John, Simon und Garfunkel, Herbert Grönemeyer, den Lena zu ihrem Ärger immer Grölemeyer nannte. Dann wurde sie erwachsen und andere Vorlieben kamen hinzu, einige vielleicht etwas gewollt. Sie lernte, was man lieben musste, um zu einer Gruppe, einem Clan, einem Milieu zu gehören. Um intelligent zu wirken. Um jemand zu sein. Pariserin zum Beispiel.

Und jetzt fand sie hier ein Flugticket auf den Namen ihrer Mutter für eine Reise nach Graceland. In all den Jahren hatte Lena also mit diesem ebenso brennenden wie geheimen Wunsch gelebt, das Haus des King zu sehen. Erste Liebe, letzte Liebe. Liebe eines Lebens.

Unglaublich.

Plötzlich fielen Eva die Nudeln ein. Sie nahm den Deckel ab und stellte fest, dass sie sich in einen widerlichen Brei verwandelt hatten.

12

»Sag mir die Wahrheit, Eva.« Das Leitmotiv ihrer Kindheit. »Du kannst alle möglichen Dummheiten machen, ich werde dich nicht bestrafen, wenn du mir nur die Wahrheit sagst. Das Einzige, was zählt, ist das Vertrauen. Gegenseitig und ohne Einschränkung.« Typisch Lena. Dann folgte die große Szene der Geständnisse. Eva in Tränen aufgelöst, schniefend. Lena würdig, majestätisch, gerecht.

Die Wahrheit, die ganze Wahrheit und nichts als die Wahrheit. Die Wahrheit bis zur totalen Entblößung, bis zum Erbrechen. Bis man nicht mehr sicher ist, ob man noch eine eigene Seele hat. Der Blick, der dein Inneres erforscht. Der über dich urteilt. Und dir verzeiht. Oder auch nicht.

Ihre Intimität als Opfergabe. Für die Harmonie. Für den Frieden.

Sie wollen nur unser Bestes, aber wir geben es ihnen nicht. Als jemand diesen Slogan an die Wände der Schule gesprayt hatte, lachte sie, aber für sie war es schon zu spät. Sie hatte sich angewöhnt, zu viel zu sagen.

Die Wahrheit, die ganze Wahrheit und nichts als die Wahrheit.

Bis zu dem Tag, als sie verstummte. Bis Michel kam. Der alle Gewohnheiten über den Haufen warf. Von Michel hatte sie nie etwas erzählt. Auch nicht von dem, was folgte.

Ein Flugticket nach Memphis vom 14. bis 28. Juni. Auf

den Namen Helene Jacobi. Was war ihr durch den Kopf gegangen, als sie diese Reservierung vornahm? Sie, die niemals flog, die panische Angst davor hatte. Die jede unnötige Reise vermied. Auch nach Paris war sie nicht oft gekommen. Und bei diesen wenigen Besuchen ohne große Begeisterung. »Wenn du mich sehen willst, weißt du ja, wo du mich findest. Ich kann das Geschäft nicht so lange verlassen. Ich muss mir meine Kunden erhalten, Schatz.«

Eva öffnete den Mülleimer und warf die scheußlichen Nudeln hinein. Dann eben kein Abendessen. Sie ging gleich ins Bett.

Am nächsten Morgen machte sie eine Liste der Leute, die eine Todesanzeige erhalten sollten. Manchmal hatte sie Mühe, in Lenas Adressbuch die Schrift zu entziffern. Straßennamen waren durchgestrichen, andere darüber- oder daruntergeschrieben. Evas eigene Angaben in Paris waren fünfmal geändert, fünf Umzüge. Sie nahm unangemessen viel Platz in dem kleinen Büchlein ein, fast eine ganze Seite. Die ordentliche Aufzählung der Straßen, in denen sie gewohnt hatte, wirkte seltsam auf sie. Ihr wieder und wieder korrigiertes Leben auf vergilbtem Papier.

Da war die winzige Wohnung, in der Michel sie manchmal nachmittags besucht hatte, wenn er sich freimachen, einen unauffälligen Freiraum in seinen Tagesablauf schieben konnte. Niemals abends. Und erst recht nicht nachts. In fünf Jahren hatten sie nur zwei Nächte miteinander verbracht, als sie ihn bei Dienstreisen begleitete. Eine heimliche Reisende, die im Hotel wartete oder allein durch die Stadt irrte, ehe sie wieder in den Zug nach Paris stieg, mit ihm, der, aufgehalten von einer seiner zahlreichen Verpflichtungen, im letzten Moment angerannt kam. Eine traurige Fahrt, während der sie unwillkürlich an den nächsten Tag denken musste, wo er schon wieder weit weg sein würde, fortgerissen von seinem öffentlichen und privaten Leben, in dem sie nichts anderes war als ein angenehmer Einschub, ein vergnüglicher Zeitvertreib. Wenn sie während seiner langen Abwesenheit allein war, kotzte sie sich manchmal mit den Tränen die Eingeweide aus dem Leib, so sehr fehlte er ihr. Das war kein schöner Anblick.

Sie blätterte eine Seite um. Manche musste sie anrufen, denn die Todesanzeigen würden zu spät für die Beisetzung eintreffen. Das musste sie sofort erledigen.

Eva seufzte, zündete sich die erste Zigarette des Tages an und benutzte eine Untertasse als Aschenbecher. In den Bäumen zwitscherten die Vögel. In der Ferne quietschten Autoreifen.

Am Telefon den Tod der Mutter mitzuteilen erwies sich als besonders nervenaufreibend. Die meisten Leute reagierten ungläubig. Das war doch nicht möglich. Das war nicht im Bereich des Denkbaren. Man stirbt nicht einfach so. Schweigen. Rauschen in der Leitung. Die wachsende Beklemmung am anderen Ende.

Eva musste erzählen, was zwei Tage zuvor geschehen war, auch wenn es eigentlich nichts erklärte. Das Herz. Hinter der tödlichen Schwäche dieses Muskels lässt sich alles verbergen: Selbstmord, Überdosis, lange Krankheiten. Das Herz ist die letzte Bastion. Wenn es schlappmacht, ist es vorbei. Nein, sie war nicht bei ihr gewesen. Das heißt, sie war bei ihr, ohne bei ihr zu sein. Es klang verworren. Das merkte sie selbst. Die Dinge müssen klar sein, vor allem die letzten. Wie kann sich das Wirrwarr des Lebens noch in den letzten Moment einschleichen? Eva wusste keine Antwort. Sie hatte geglaubt, das Richtige zu tun, alles, was sie konnte. Aber es war ihren Fingern entglitten.

Dreimal hintereinander begann sie zu weinen, konnte kaum weiterreden, sprach mit stockender, feuchter Stimme. Die Zurschaustellung ihrer Gefühle und ihrer erschöpften Nerven demütigte sie. Das ging nur sie an. Ihr Schmerz und der der anderen konnten sich nicht auf diese Weise begegnen.

Onkel Hans, der Bruder ihres Vaters, der mit seiner Familie in Hamburg lebte, war der Einzige, der verstand, dass es nichts zu verstehen gab. Das Leben erlaubt sich halt solche Streiche. Das ist alles.

Spontan versprach er, zur Beisetzung zu kommen. »Ich bin morgen da. Kopf hoch.«

Eva legte auf und putzte sich die Nase.

Sie war sehr überrascht. Diesen Onkel hatte sie nur fünf- oder sechsmal gesehen. In ihrer Erinnerung war er ein großer, selbstbewusster Mann. Anwalt. Nach Leanders Tod war der Kontakt bald abgerissen. Vielleicht verstand er sich nicht mit Lena. Eva wusste es nicht. Ihre Mutter hatte nie darüber gesprochen.

13

Eva nahm ihre Tasche und verließ die Wohnung. Draußen hatten die ersten Blumenkleider ihren vorzeitigen Auftritt. Eva ging die Straße hinunter. Zwei, drei Passanten grüßten sie. Sie grüßte zurück.

Im Dessousgeschäft schrieb sie »Wegen Todesfall geschlossen« auf eine Pappe, die sie an der Tür befestigte. Dann setzte sie sich hinter den Ladentisch und zog die Schublade auf. Darin entdeckte sie ein weiteres Adressbuch, das mit dienstlichen Kontakten gefüllt war. Tiefe Mutlosigkeit packte sie. Das würde sie niemals schaffen! Was sollte sie mit dem Geschäft machen, mit den Hunderten Büstenhaltern, die nie eine Brust gesehen hatten und in der Dunkelheit auf ihre Stunde warteten? Sie würde nicht nach Paris zurückkehren, arbeiten, ihr normales Leben wiederaufnehmen können. Alles, was sie sich aufgebaut hatte, war vernichtet. Sie würde unter einem Berg von Unterhöschen begraben werden.

Am Nachmittag ging sie ins Pfarrbüro. Sie hatte Glück, der Pfarrer empfing sie sofort. Er war um die fünfzig und sah so aus, als würde er recht häufig der Versuchung der Flasche nachgeben. Sein schütteres graues Haar flatterte im Wind, die Zähne waren von Nikotin geschwärzt. Das machte ihn in Evas Augen eher sympathisch. Während des Gesprächs war er sehr herzlich. Er bat Eva, von ihrer Mutter und von der Beziehung zu sprechen, die zwischen ihnen bestanden hatte. Eva überraschte sich dabei, ihm alles zu erzählen, was sie bisher nicht ausgesprochen hatte.

Herr Kaross hörte zu. Er machte sich Notizen. Dann fragte er, an welche Musik sie für die Beisetzung gedacht habe. Eva wusste es nicht. Sie konnte ihm doch nicht sagen, dass ihre Mutter Elvis geliebt hatte.

»Ich vertraue Ihnen da völlig«, erklärte sie.

Der Pfarrer schien an solche Reaktionen gewöhnt zu sein. Er nickte. »Ich kümmere mich darum.«

Als sie sich verabschiedeten, fühlte sich Eva besser. Herr Kaross brachte sie zur Tür.

»Der Herr sei mit Ihnen«, sagte er zum Abschied.

Es war sein erster religiöser Satz. Sie drückte ihm nur stumm die Hand.

14

Als es am nächsten Morgen klingelte, kam sie gerade aus der Dusche. In einen alten Morgenmantel von undefinierbarer Farbe gehüllt, öffnete sie die Tür. Vor ihr stand ein fremder Mann.

Der Unbekannte bemerkte ihr Zögern und stellte sich vor: »Ich bin Ihr Onkel.«

Fassungslos trat Eva beiseite, um ihn hereinzulassen. Niemals hätte sie Hans wiedererkannt. Der Mann, der nun seinen grauen Mantel ablegte, hatte nichts mit dem Bild gemein, das sie in Erinnerung hatte. Sein Haar war völlig weiß, dennoch strahlte er erstaunliche Jugendlichkeit aus.

»Wollen Sie mir vielleicht einen Kaffee anbieten?«, fragte er und ging direkt in die Küche.

Ungeschickt füllte Eva den Wasserkessel und setzte ihn auf. Sie gab vier Löffel Kaffee in die Kanne, stellte zwei Tassen, Löffel und Zucker auf ein kleines Tablett und holte Milch aus dem Kühlschrank.

»Erlauben Sie, dass ich mich schnell anziehe?«, brachte sie schließlich heraus.

»Ich bitte Sie!«, antwortete Hans mit einem Lächeln.

Sie stürzte ins Schlafzimmer und schlüpfte in ihre Sachen.

Als sie wieder in die Küche kam, war Hans gerade dabei, die schwarze Flüssigkeit in die Tassen zu gießen.

»Viel hat sich nicht verändert. Als ich das letzte Mal da war, standen hier dieselben Möbel. Ich erkenne sie fast alle wieder«, bemerkte er freundlich.

»Ich glaube, Mama war das nicht so wichtig«, sagte sie und staunte selbst, ihre Mutter so genannt zu haben.

»Wir haben uns seit einer Ewigkeit nicht mehr gesehen.«

»Ich nehme an, Sie verstanden sich nicht besonders mit Lena. Sonst hätten wir uns vielleicht etwas öfter getroffen«, sagte sie.

»Das kann man so nicht sagen«, antwortete er nach einer kurzen Pause, während er eifrig in seinem Kaffee rührte.

»Warum denn dann?«, fragte Eva ganz direkt. Was gesagt werden musste, musste jetzt gesagt werden.

»Was hat sie Ihnen denn erzählt?«, erkundigte er sich vorsichtig.

»Nichts. Wir haben nie darüber gesprochen. Ich habe mir gedacht, dass Sie halt weit weg wohnen und dass wir uns auch nicht so gut kannten.«

»Als Leander so plötzlich starb, standen wir beide unter Schock.«

Eva goss einen kräftigen Schuss Milch in ihren Kaffee.

»Sie waren noch klein. Lena kam zu mir nach Hamburg. Damals war ich noch nicht verheiratet.«

»Sie hatten eine große Wohnung mit Blick auf den Fluss. Man sah die Schiffe vorbeifahren«, erinnerte sich Eva.

»Komisch, dass Sie das noch wissen.« Er trank einen Schluck Kaffee, ehe er fortfuhr. »Wir haben beieinander Trost gesucht und sind uns sehr nahe gekommen, aber das war eine völlig unmögliche Situation, verstehen Sie?«

Nein, sie verstand nicht. Wollte er ihr sagen, dass er ein Verhältnis mit Lena gehabt hatte? Das war unvorstellbar.

Dieses Steinchen passte überhaupt nicht ins Mosaik ihrer Erinnerungen. Ganz und gar nicht. Falsche Farbe, falsche Form. Alles falsch.

»Könnten Sie vielleicht etwas deutlicher werden?«

»Sie verstehen sehr gut«, erklärte er fast schroff.

Sie hatte also richtig gehört. »Aha. Und das war ein hinreichender Grund, sich nicht mehr zu sehen?«

»Allerdings. Aber wir haben während der ersten Jahre einen intensiven brieflichen Austausch gepflegt.«

Dieser geschwollene Satz ließ Eva plötzlich explodieren. »Erzählen Sie mir hier gerade, dass ich ohne Vater *und* ohne Onkel aufgewachsen bin, weil Lena und Sie nichts Besseres zu tun hatten, als nach Papas Tod miteinander ins Bett zu steigen?«

Hans sah sie traurig an. »Wissen Sie, Eva, das war alles ziemlich kompliziert.«

»Ich weiß nicht, was daran kompliziert ist«, antwortete sie.

Er überlegte kurz, ehe er fortfuhr. »Ich werde ehrlich zu Ihnen sein. Ich weiß nur eben nicht, was Ihnen Lena erzählt hat und was sie Ihnen lieber verschweigen wollte. Sie waren damals noch so klein.«

»Erzählen Sie schon«, verlangte Eva mit schwacher Stimme. Sie zündete sich eine Zigarette an.

»Was wissen Sie über die Beziehung Ihrer Eltern?«

Sie sah ihn verständnislos an. »Dass sie sich liebten. Dass Papa starb, als ich sechs war. Bei einem Autounfall. Auf der Autobahn.«

»Sie gestatten?«

Ohne die Antwort abzuwarten, nahm sich Hans eine Zigarette aus Evas Schachtel und zündete sie an.

»Er war nicht allein im Auto, Eva«, sagte er leise. »Eine Frau war bei ihm, die auch umgekommen ist. Ihr Vater hatte seit längerer Zeit eine Geliebte, die ihm viel bedeutete. Er wollte Ihre Mutter verlassen.«

»Und Lena wusste davon?«, fragte Eva fassungslos.

»Natürlich, Eva.« Hans' Ton hatte sich schlagartig geändert. Er sprach jetzt mit ihr wie mit einem Kind. »Lena wusste es.«

Die Wahrheit, die ganze Wahrheit und nichts als die Wahrheit.

Eva schluchzte. Hans nahm sie in die Arme und wiegte sie sanft.

»Warum hat sie mir nichts davon gesagt?«

»Sie wollte, dass du eine gute Erinnerung an deinen Vater bewahrst. Außerdem konnte er sich nicht mehr verteidigen. So hat sie es mir mal erklärt. Deine Mutter war ein sehr gerechter Mensch.«

»Deswegen war Papa niemals zu Hause. Nicht weil er zu viel gearbeitet hat.«

»Wahrscheinlich beides. Leander war ehrgeizig.«

»Haben Sie die andere Frau kennengelernt?«

»Einmal, ja.«

»Wie war sie?«

»Schön, nett. Wie deine Mutter auch. Aber anders.«

»Warum liebte Papa sie mehr als Lena?«

Hans zuckte die Schultern. »Ich weiß es nicht. Das sind ganz persönliche Dinge.«

»Hat Lena gelitten?«

»Entsetzlich.«

»Und Papas Tod hat das alles beendet.«

»In gewisser Weise, ja.« Hans drückte seine Zigarette aus.

»Und ich?«

»Du warst ihr geliebtes Kind. Niemand wollte dir wehtun. Sie haben dich geschützt, so gut es ging.«

»So sehr, dass sie mir Schwachsinn erzählt haben.«

»Lüge durch Verschweigen zählt weniger schwer, findest du nicht? Was hättest du mit dieser Wahrheit angefangen?«

»Und warum erzählen Sie mir das alles jetzt?«

»Ich dachte, es ist vielleicht an der Zeit. Wenn es falsch war, tut es mir leid.«

Eva antwortete nicht. Sie war traurig und wütend, und sie würde niemandem Absolution erteilen.

15

Der gefürchtete Tag der Beisetzung kam heran und verging unter Tränen und Regen. Er gehörte zu den schlimmsten Tagen, die Eva je erlebt hatte. Niemand konnte etwas für sie tun. Hans war aufmerksam und nett, Carola hilfreich und liebenswürdig. Aber das änderte nichts. Niemand kann dem Gesetz entrinnen.

16

Ein paar Tage später kehrte sie nach Paris zurück. Als sie die Gare de l'Est verließ, blieb sie einen Moment auf dem Vorplatz stehen, um dem Blinken der Werbung zuzusehen. Wie üblich schleppten ein paar arme Schlucker ihren Blues hinter sich her, nachdem sie die Suppe gegessen hatten, die vor der Église Saint-Laurent verteilt wurde.

Dieser Platz war ihr erstes Bild von Paris gewesen, als sie vor zwanzig Jahren mit ein paar Gedichten von Verlaine und Baudelaire im Kopf hier ankam, fest entschlossen, alles wunderbar zu finden, was diese mythische Stadt zu bieten hatte. Das menschliche Elend gehörte natürlich nicht dazu. Deshalb hatte sie es wahrscheinlich nicht wahrgenommen. Jetzt sprang es ihr ins Auge. Die Jahre reiner Begeisterung waren lange vorbei.

Sie ging zum Taxistand und stellte sich in die Schlange. Vor ihr wartete eine vielköpfige Familie, die ihre zahlreichen Gepäckstücke rücksichtslos um sich ausbreitete. Das jüngste Kind schrie, bis der Vater drohte, ihm den Po zu versohlen. Es ging nur langsam voran.

Nach zwanzig Minuten wurde ihr ein Auto zugewiesen. Um den Ausdünstungen des griesgrämigen Fahrers zu entgehen, öffnete Eva das Fenster.

Die Melancholie des Sonntagabends hatte die Straßen erfasst. An einer roten Ampel hörte sie arabische Musik, die aus einem Fenster im ersten Stock eines hässlichen Hauses kam. Eine Matrone schlurfte in ihrer Wohnung herum und widmete sich missmutig einer zermürbenden Hausarbeit.

Ein Schäferhund zog wütend an seiner Leine und gefährdete das Gleichgewicht seines achtzigjährigen Herrn, der sich mit einem Stock mühsam fortbewegte.

Eine junge Frau schob hastig einen Kinderwagen.

Eine Gruppe von Jugendlichen streifte über den Boulevard Magenta auf der Suche nach irgendeiner Ablenkung, einem Abenteuer, das diesen Namen verdienen und sich ihnen plötzlich in ungeahnter Gestalt präsentieren würde. Ihre lärmende Vertrautheit deutete darauf hin, dass dieses heißersehnte Ereignis auf sich warten ließ und sie womöglich einen weiteren Abend damit verbringen würden, ohne Ziel und ohne Geld um die Häuser zu ziehen, nachdem ihre letzten Cents für die Flasche mit schlechtem Gin draufgegangen waren, die von Mund zu Mund ging.

Vor ihrer Haustür bezahlte Eva die Fahrt. Im Hof verströmten Pflanzen, von denen man nur struppige Umrisse wahrnahm, einen süßen Duft, der sich mit der Abendbrise mischte. Dieser kleine olfaktorische Willkommensgruß begleitete sie die Treppe hinauf. Aus einem Fenster drangen die sinnlichen Vokale von Magali, die ihren Kindern eine Geschichte vorlas. Wie Dachfenster in einem stabilen Gebäude ließen die offenen »Os« die Sonnenstrahlen herein.

»In diesem sonnigen Monat Mai promenierte Prinzessin Isabelle oft durch ihren Rosengarten ...«

Eva lächelte. Als sie die Wohnungstür öffnete, war der Boden mit Post bedeckt.

»Mit ihren schwarzen Locken und ihrem roten Mund war Isabelle das hübscheste Mädchen des Königreichs ...«

Das Erwachsensein und die vielen zu bezahlenden Rechnungen hatten die Vorfreude nicht gedämpft, die Eva bei einem Briefumschlag empfand. Wenn sie vormittags zu Hause arbeitete, lauerte sie immer auf das kurze, leise Rascheln von Papier auf dem Parkett, das den Besuch der Concierge verriet, die die Post unter der Tür hindurchschob.

»Ebenso wie ihre Schwestern Éléonore und Rose hatte Isabelle Schränke voll mit den tollsten Kleidern.«

Dabei hatte es im Laufe der Jahre nur selten Nachrichten gegeben, die diese Erwartung erfüllten. Es war Michel gewesen, der die diffuse Hoffnung in ihr geweckt hatte.

Eine ausgefeilte Handschrift zierte seine sorgsam gewählten Umschläge. Ihr Name, ihre Adresse, die Schrift unverkennbar. Sie hatte sie aufbewahrt, diese Briefe, die einen gleichzeitig persönlichen und universellen Ton anschlugen, zwar an sie gerichtet, zugleich aber ein Tribut an etwas anderes. Vielleicht an die französische Sprache, an die Literatur und die Tradition, etwas, was ihr zum Teil entgangen war, weil sie Ausländerin war, damals noch mehr als heute.

Schöne Dinge, vergeblich produziert, weil ihr Schicksal darin bestand, in der Tiefe einer Schublade zu enden. Die Grandezza des Graphomanen.

»Der schreckliche Drachen lebte in einer Höhle, die mehrere Meilen vom Schloss entfernt war. Der charmante Prinz sattelte sein treues Ross und brach auf.«

Ein erster Blick auf die Umschläge verhieß eine enttäuschende Ausbeute. Zwei oder drei, die ein wenig ihre Neugier weckten, sonst nichts. Sie konnte sich Zeit lassen, den Mantel ausziehen, ein Glas Orangensaft trinken und sich bequem auf ihr schönes rotes Sofa setzen, ehe sie die Post einer vertieften Prüfung unterzog.

»Bei der Ankunft von Prinz Emmanuel spuckte der Drachen schreckliche Flammen, aber der wachsame Angreifer zog sein Schwert hervor und stürzte sich auf das Ungeheuer.«

Der Anrufbeantworter blinkte. Eva drückte auf den Knopf, um die Nachrichten zu hören. Es waren achtzehn. Ihre Abwesenheit war bemerkt worden. Man hatte sie gesucht. Das Leben, das sie hier führte, war also real. Sie seufzte vor Erleichterung.

17

Am nächsten Tag schien die Sonne durch die Wohnzimmerfenster. Eva trank ihren Kaffee und lauschte zerstreut den Morgengeräuschen, als das Telefon klingelte. Victor hieß sie herzlich willkommen. Eva freute sich.

»Was hältst du von einem italienischen Abendessen?«, fragte er.

»Sehr gern.«

»Wunderbar. Ich hole dich um acht ab, wenn es dir recht ist.«

»Absolut. Bis heute Abend.«

Der Horizont hatte sich spürbar aufgehellt.

Sie teilte in der Uni mit, dass sie ihren Unterricht zwei Tage später wiederaufnehmen würde. Die Arbeit würde ihr guttun. Dann sortierte sie ihre Wäsche und warf die Maschine an. Sie strich kurz über den zarten Stoff von Lenas blauem Nachthemd, ehe sie es sorgfältig in den Schrank räumte.

Sie packte die Reisetasche aus und stellte ihre Kosmetik im Badezimmer auf, räumte Schuhe, Regenschirm und Dokumente an ihren Platz.

Nur das Flugticket für Memphis blieb auf dem Tisch liegen, weil sie noch keine Zeit gefunden hatte, es zu annullieren.

Als sie in Lenas Wohnung auf das Taxi wartete, das sie

zum Bahnhof bringen sollte, hatte sie ihre Tasche noch mal aufgemacht und alle Elvis-CDs eingepackt, die sie gefunden hatte. Sie stellte sie auf das Regal neben ihrer Opernsammlung. Dann verschwand der Koffer in der Kammer. Jetzt hatte sie wirklich das Gefühl, wieder zu Hause zu sein.

Als Victor um Viertel nach acht klingelte, fiel sie ihm um den Hals, so glücklich war sie, ihn zu sehen. Victor umarmte sie ganz fest und küsste sie lange. Er hatte Rosen mitgebracht, die Eva gleich in eine Vase stellte.

Sie setzten sich auf das rote Sofa und tranken ein Glas Weißwein zum Aperitif, sahen einander in die Augen, stießen auf ihr Wiedersehen an und wechselten ein paar nichtssagende Worte. Als dieser erste, festliche Moment verstrichen war, kam das Gespräch nur mit Mühe in Gang.

Eva hatte so viel zu erzählen, aber sie wusste nicht, wie sie anfangen sollte. Victor vermied es aus übertriebenem Zartgefühl, sie auszufragen.

»Während du weg warst, ist nicht viel passiert. Ach ja, das hätte ich beinah vergessen. Wir haben die Uniprix-Kampagne ergattert. Es gab immerhin fünf Konkurrenten.«

Eva sah ihn verständnislos an.

»Na, die Supermarktkette, du weißt schon. Das bringt eine Menge Kohle.«

»Das ist ja toll«, sagte sie und versuchte Begeisterung zu zeigen.

»Ja, das ist eine gute Nachricht. Jetzt heißt es in die Hände spucken.«

Eva nickte, dann stand sie auf und holte Erdnüsse.

»Und du? Erzähl!«, bat er sie.

Sie zündete sich eine Zigarette an und nahm ein paar Züge, ehe sie antwortete. Obwohl sie den ehrlichen Wunsch hatte, sich zu öffnen, spürte sie plötzlich, dass es ihr nicht gelingen würde. Sie versuchte es trotzdem.

»Ich kam ins Krankenhaus, ich hab mit ihr gesprochen, sie hat mich losgeschickt, um ihr ein Nachthemd zu holen, und als ich zurückkam, war sie nicht mehr da. Vielleicht hat sie mich weggeschickt, weil sie einen neuen Anfall kommen spürte. Vielleicht wollte sie mir den Anblick ersparen, ich weiß es nicht.«

Victor hörte ihr aufmerksam zu.

»Sie ist gegangen ... einfach so.«

Ihre Hände flatterten, blieben reglos und ohnmächtig in der Luft hängen.

Victor umarmte sie. Sie schmiegte sich einen Moment an ihn, ehe sie sich sanft losmachte.

»Alles braucht seine Zeit. Trauer überwindet man nicht von einem Tag auf den anderen. Die Eltern zu verlieren ist für jeden schwierig.«

Eva nickte. Sie ärgerte sich nicht über diese Gemeinplätze. Im Grunde gab es nichts zu sagen, das wusste sie. Sie hatte sich selbst schon in der unangenehmen Situation befunden, verzweifelt ein tröstendes Wort zu suchen und nur dummes Zeug herauszubringen. So war es eben.

Victor sah diskret auf die Uhr. »Vielleicht sollten wir gehen«, schlug er sanft vor. »Ich habe für neun Uhr reserviert. Du erzählst mir alles beim Essen, ja?«

Eva nickte ohne Überzeugung.

Das italienische Restaurant war überfüllt. Der freundliche Wirt bahnte sich geschickt einen Weg durch die in laute Gespräche vertieften Gäste und führte sie zu einem kleinen Tisch in der Ecke. Die Bestellung beschäftigte sie eine Weile.

»Es tut gut, wieder hier zu sein«, sagte Eva, als der Kellner verschwunden war.

Sie hatten das *Da Giorgio* gemeinsam entdeckt, und es war allmählich ihr Stammlokal geworden. Ganz anders als bei den modischen Italienern mit minimalistischer Dekoration und raffinierten Gerichten tauchten die Gäste hier in eine herzliche Atmosphäre ein, die einiges dem Heimweh der Besitzer nach Sizilien verdankte. Bilder in lebhaften Farben zeigten den Ätna von allen Seiten. Die karierten Tischdecken und die tropfenden Kerzen auf den Weinflaschen passten wunderbar zur rustikalen Stimmung der Insel.

Die achtzigjährige Wirtin saß in ihrer Ecke, ein Auge auf die Gäste, das andere auf die Rechnungen gerichtet. Seit Urzeiten wachte sie über die Kasse. Ab und zu gab sie ihrem ältesten Sohn und der Schwiegertochter, die im Restaurant servierten, auf Italienisch Anweisungen. Kein Lächeln kam je auf ihre Lippen. Sie war nicht da, um Charme zu versprühen. Diese Aufgabe oblag ihrem Sohn, der sie mit strahlendem Gesicht, weiten Gesten und freundlichen Worten hervorragend erfüllte.

»Hier geht man immer auf Nummer sicher«, lobte Victor auf einer Olive kauend. »Ich dachte, es würde dir helfen, dich wieder zurechtzufinden, dich zu Hause zu fühlen.«

»Das ist auch so. Danke!«

Sie küssten sich. Dann aßen sie mit Appetit die Vorspeisenplatte, die der Wirt ihnen brachte. Sie kamen nicht auf die tragischen Ereignisse zurück, die Evas längere Abwesenheit verursacht hatten.

Nach einem von gutem Wein begleiteten Mahl gingen sie zu ihr und liebten sich. Danach schliefen sie engumschlungen ein.

18

Am nächsten Morgen stand Victor früh auf und machte sich auf den Weg zu seiner Uniprix-Kampagne. Eva hatte den Eindruck, dass er wie ein Jagdhund vor Erwartung bebte.

Sie räumte das Frühstück ab und wusch das Geschirr. Über Nacht hatte es angefangen zu regnen, ein feiner, hartnäckiger Regen, der die morgendlichen Passanten erschauern ließ.

Eva sah eine Weile aus dem Fenster, ehe sie sich an den Schreibtisch setzte, um ihre Vorlesung vorzubereiten. Sie arbeitete eine Stunde. Dann stand sie auf und legte die Wäsche zusammen, bevor sie eine weitere Maschine anwarf. An diesem Vormittag bekam sie keine Post. Das Telefon klingelte nicht. Alles war ruhig. Auch von den Nachbarn vernahm man kein Lebenszeichen.

Die Stille hätte gemütlich sein können, ideal für einen Arbeitstag zu Hause. Trotzdem konnte sie den Faden ihrer Gedanken nicht aufnehmen, als sie sich wieder an den Schreibtisch setzte. Die Sätze, die sie aufgeschrieben hatte, klangen hohl.

Plötzlich dachte sie an die unzähligen Arbeiten, die sie in ihrem Leben noch korrigieren würde. An die unzähligen Zensuren, die sie verteilen, an die Texte, die sie schreiben würde. Immer mit der Angst vor einem Irrtum. Der Angst, die erlernte Sprache könne sie verraten.

Die Leute sagten ihr oft, wie sehr sie ihr Französisch bewunderten. Sie hatte sich angewöhnt, als Antwort auf diese Lobeshymnen ein bescheidenes Lächeln aufzusetzen. Niemals gab sie zu, dass immer ein Zweifel blieb, dass sie sich nie völlig frei fühlte. »Könntest du dir bitte diesen Text durchlesen?«, hatte sie viele Hundert Mal jemanden gebeten, dessen einzige Qualifikation darin bestand, als Franzose geboren zu sein. Ein Recht auf Fehler zu haben. Sie fühlte sich wie eine Schlafwandlerin, die eine Treppe hinuntergeht und die man keinesfalls wecken darf.

Beim Erlernen des Französischen war sie durch eine harte Schule gegangen. Als sie Michel kennenlernte, war sie noch nicht mal drei Jahre in Frankreich.

»Ich verstehe nicht, was du sagst«, hatte er ihr an den Kopf geworfen, wenn sie, selten genug, versuchte, die Brutalität seines Verhaltens, seiner Ablehnung, der überall errichteten Barrikaden zu beschreiben. Und die Banalität ihrer Geschichte, die eigentlich schön sein sollte, es aber nicht war.

»Was willst du? Ich habe dich nie belogen. Du kanntest die Bedingungen von Anfang an.« Die Klauseln dessen, was er einen Vertrag nannte. Schon war er gereizt. Regte sich auf. Sie kannte ihn gut. Bei der ersten Forderung wurde er wütend. Und sie wagte nicht, ihn zu ärgern, zog sich zurück, denn mehr als alles andere fürchtete sie seine beißenden Wutausbrüche. Und seine Sanktionen, die darin bestanden, sie noch länger als üblich warten zu lassen. Sich gar nicht mehr zu melden. Aber gerade weil sie nett, verständnisvoll, intelligent sein wollte, weil sie Angst hatte, wirkte sie unscharf. Ihre Sätze zerflossen. »Sei bitte präzise. Ein Wort ist nicht gleich einem anderen. Ich verstehe überhaupt nichts.

Nichts.« Der Ton war scharf wie ein Messer. »Darüber sprechen wir beim nächsten Mal. Ich muss gehen.«

Sie driftete ab. Sie musste es sagen können. Warum tauchten die Wörter nicht auf? Warum konnte sie selbst nicht auftauchen?

»Ausländer drücken sich immer ungenau aus, in konzentrischen Kreisen, um die Wörter zu ersetzen, die sie nicht kennen. Es kann doch nicht sein, dass du nicht verstehst«, sagte sie schwach, denn sie akzeptierte seine Wutanfälle wie alles andere auch, egal was. Egal wie. Da sie kein Zentrum mehr hatte, kreiste sie um ihn. Erbärmlicher kleiner Mond.

Sie musste das Wort finden, das ihn zwänge, sie zu verstehen, die Entfremdung zuzugeben. Auf dem langen Weg hatte sie eine Menge Wörter gefunden, aber nicht das Sesamöffne-dich. Dennoch hatte ihre verzweifelte Suche nach den passenden Wendungen das Verdienst, ihr fast unbemerkt Französisch beizubringen.

Erst viel später hatte sie verstanden, dass sie das Zauberwort niemals finden würde. Und dies aus dem einfachen Grund, weil Michel nicht die leiseste Lust hatte zuzugeben, dass er sehr gut verstand. Es war nur wieder eins seiner Spiele gewesen.

Manchmal, wenn er guter Laune war, nachdem sie miteinander geschlafen hatten, fragte er sie mit seiner warmen Stimme: »Warum machst du dich nur so unglücklich? Du kannst doch andere Liebhaber haben. Das ist mir egal, ich verlange nichts von dir. Genieß deine Jugend, nimm dir überall das Beste. Geh aus! Amüsier dich! In deinem Alter muss man sich amüsieren.«

Sie hatte andere Freunde. Viele sogar. Aber jedes Mal, wenn sie anfing, sich ernsthaft zu verlieben, kam Michel zurück. Strahlend. Siegreich. So war es mehrere Jahre gegangen.

Eines Tages hatte sie dann die Worte gefunden. Einen ganzen Haufen harter, hässlicher Worte. Worte, die die Tür nicht öffneten, sondern sie für immer zuschlagen würden. Es musste Schluss sein. Sie war zu krank von ihm und schon zu lange. Sie hatte ihm vorgeworfen, sie nur zu sehen, um das Geld fürs Bordell zu sparen, während sie von Liebe träumte. Die große Szene der endgültigen Trennung. Seine Stimme überschlug sich vor Wut, er war rot und hässlich, sie, bleich und entschlossen, weinte, während sie Gemeinheiten ausstieß. Der krönende Abschluss. Aber selbst bei dieser erbärmlichen Szene, diesem grauenvollen Gnadenstoß, dessen Erinnerung sie schlecht ertrug, hatte sie ihn noch geliebt.

Verletzt und traurig wie eine alte Jungfrau, die man beleidigt hatte, indem man ihr hinter der Besenkammer einen Kuss raubte. Das war sie gewesen. Eine dumme Gans.

Lena hatte sie nie davon erzählt. Wie kann man seiner Mutter erklären, dass man für einen Mann durchdreht? Das langsame Abdriften lässt sich nicht erzählen. Und so hatte sich zwischen ihnen ein nicht mehr rückgängig zu machendes Schweigen ausgebreitet. Jedenfalls war es ihr so vorgekommen.

Im Licht der jüngsten Enthüllungen schien das Schweigen allerdings weit älter als diese Ereignisse. Ohne dass Eva es wusste, hatte Lena immer im Schweigen gelebt. Konnte die Vergangenheit, die Eva kannte, die auch Evas Vergangenheit war, tatsächlich falsch sein? Dieses ewige Gefühl des Schwindels.

Evas Blick fiel auf den Aschenbecher voller Kippen. Er verströmte den faden Geruch von kaltem Rauch. Während sie ihren Gedanken auf diesem ungewollten Besuch in den Mäandern einer dunklen Vergangenheit folgte, schienen die Wände ihrer Wohnung geschrumpft zu sein. Sie hatte den unangenehmen Eindruck, den doch so vertrauten Raum nicht wiederzuerkennen. Als würden ihre sorgfältig ausgewählten Möbel, die handgenähten Vorhänge und sogar die wieder und wieder gelesenen Bücher ihr plötzlich entgleiten. Sich weigern, ihr zu antworten, Spiegel zu sein, Verkörperung schöner Jahre. Sich ihrem Einfluss entziehen. Sie hatten ihre Freiheit wiedererlangt. Die Freiheit, nichts anderes zu sein als sie selbst. Sie waren länger da als Eva und würden länger bleiben. Eva dagegen war nur auf der Durchreise, schienen sie sagen zu wollen. Nicht hier, in dieser Stadt, in diesem Land oder in dieser Wohnung, die sie viele Unterrichtsstunden kostete, sondern überhaupt auf der Durchreise. Wie jeder Mensch. Nichts gehörte ihr, nichts würde ihr je gehören. Aber sie gehörte der Zeit. Selbst die Fotos an der Wand blickten leer.

Sie musste den Raum mit einer menschlichen Stimme füllen, die keine Türen zu bleiernen Gedanken aufstieß. Die ihr kein lächerliches Bedauern einflüsterte. Einer Stimme, die sie forttrug. In eine Welt ohne Schmerzen und Zeichen.

Eva stand auf, ging ziellos durchs Wohnzimmer, suchte eine Lösung. Sie blätterte in ihren Lieblingsbüchern. *Rot und Schwarz*, der erste Band der *Suche nach der verlorenen Zeit*, *Die Verzückung der Lol V. Stein*, *Das Alexandria-Quartett*. Aber die Romane verlangten einen freien Kopf, und daran fehlte es ihr in diesem Moment persönlicher Not.

Sie musste etwas anderes finden.

Eva setzte sich auf ihr Sofa. Ihr Blick fiel auf den Stapel mit den Elvis-CDs, die sie mitgebracht hatte. Sie stand auf, nahm die erstbeste und steckte sie in den Player. Es war ein Album der vorletzten Epoche. Die Stimme erfüllte das Zimmer. Brachte sie zum Weinen. Immer noch besser als die kalten Krallen der Angst, das Tête-à-Tête mit dem Nichts.

Lena hatte ihr erzählt, dass sie 1959 einmal nach Bad Nauheim gefahren war, wo Elvis Presley während seines Militärdienstes eine Villa gemietet hatte. Dort hatte sie wie viele andere junge Mädchen vor dem Gartentor gelauert.

»Für die Deutschen war das was«, erzählte sie ihr. »Elvis in Friedberg stationiert, in diesem winzigen Städtchen, so kurz nach dem Krieg. Also bin ich mit einer Freundin hingefahren. Maria. Und wir haben gewartet. Es war bekannt, dass er jeden Abend gegen acht rauskam und ans Tor trat, um ein paar Autogramme zu geben. Man erzählte sogar, er würde manchmal jemanden reinlassen.«

Eva hatte sie angesehen, ohne ihre Überraschung verbergen zu können.

Was wollte ihre Mutter damit sagen?

Lena hatte gelacht. »Nein, nein! Deswegen waren wir natürlich nicht da. Was du dir immer ausdenkst! Wir waren anständige Mädchen.«

Eva erinnerte sich nicht mehr genau an das Ende der Geschichte, aber sie hatte nie ein Autogramm von Elvis gesehen. Vielleicht war Lena unverrichteter Dinge heimgekehrt.

Eva nahm das Flugticket ihrer Mutter zur Hand, das sie noch nicht annulliert hatte, und drehte es hin und her. Und plötzlich wurde ihr klar, dass der einzige Ort, an dem sie Lenas Tod überwinden konnte, nicht in Frankreich oder in Deutschland lag, sondern auf der anderen Seite des Atlantiks, im Süden der USA, in Memphis, Tennessee.

Anstatt das Ticket zu annullieren, würde sie es auf ihren

Namen umbuchen lassen. Sie würde die Reise für diejenige machen, die sie nicht mehr machen konnte. Vielleicht würde es ihr helfen, die Frau zu verstehen, die ihr die Hälfte ihres Lebens verborgen hatte, um eine gute Mutter zu sein.

Die Idee wühlte sie auf. Gerade weil es ein so absurdes Unterfangen war. Wenigstens gab es ihr etwas Konkretes zu tun. Ein Vorhaben. Einen Ausblick in die Zukunft.

Mama she done told me
Papa done told me too ...

Begleitet vom Rock 'n' Roll verbrachte sie den Nachmittag damit, sich Fotoalben anzusehen, die sie seit zehn Jahren nicht mehr aufgeschlagen hatte.

Überall suchte sie nach Zeichen der wahren Geschichte, die sich zwischen Leander und Lena abgespielt hatte.

But that's all right, that's all right
That's all right now Mama, anyway you do.

Eva suchte in den Gesichtern nach einem Ausdruck, der das Geheimnis verriet. Auf einem Foto stand Lena im Hintergrund und sah Leander an, ohne dass er es merkte. Irgendwie besorgt, angespannt. Es konnte deswegen sein oder aus einem anderen Grund. Eine Verspätung, ein verbranntes Abendessen. Irgendwas.

Es gab nicht viele Fotos mit Leander. Am Anfang, kurz nach ihrer Geburt, weil er fotografierte, später, weil er nicht mehr da war.

Auf den Fotos von Evas Konfirmation trug Lena die Uhr, die sie jetzt am Handgelenk hatte. Dieser Anblick gab ihr einen Stich, weil ihre Mutter die Uhr nur zu großen Anlässen getragen hatte und weil alle großen Anlässe in Lenas Leben Ereignisse waren, die Eva betrafen: ihre Konfirmation, ihr Abitur, die Verteidigung ihrer Doktorarbeit. Sicher hatte sie noch auf eine Hochzeit und eine Taufe gehofft.

Eva sah zu ihrem Handgelenk und stellte fest, dass die Uhr stehengeblieben war. Sie hatte sich noch nicht daran gewöhnt, sie aufzuziehen. Aber sie würde sie jeden Tag tragen. Jetzt war Schluss mit den großen Anlässen, die niemals kamen. Ein großer Tuschkasten.

Sie stellte die Uhr, dann ging sie auf den Balkon. Es hatte endlich aufgehört zu regnen. Die Straße war in das orangefarbene Licht der Laternen getaucht, die die Dunkelheit fast harmlos erscheinen ließen. Während Eva rauchte, lauschte sie dem Klappern der Absätze eiliger Passanten auf dem Asphalt. Trotz des beruhigenden Laternenlichts wurden die Schritte abends schneller. Nur die Liebespaare, eng aneinandergeschmiegt, versunken in die stumme Betrachtung ihrer Leidenschaft, wurden langsamer.

Die Pariser Nächte mit ihren fernen Klängen, dem diffusen Raunen der Zechgelage, wirkten beruhigend auf Eva. Auch wenn sie nicht daran teilhatte.

19

Eva erzählte Victor, sie müsse in die USA reisen, und ließ durchblicken, dass es sich um eine einmalige Gelegenheit für ihre Arbeit handele. Er war sofort dafür, dass sie diese Reise machte, die sie sicher auf andere Gedanken bringen würde.

Er selbst würde zum Rafting fahren. Von diesem Abenteuersport war er hellauf begeistert. Ihre letzten Begegnungen vor den Ferien verliefen friedlich, harmonisch und gutgelaunt.

Am 14. Juni wurde Eva um vier Uhr fünfundvierzig vom metallischen Kikeriki ihres Handys geweckt.

Ihre Sachen hatte sie am Vorabend gepackt. Danach hatte sie den kleinen schwarzen Haufen ihrer Gepäckstücke am Fußende des Sofas betrachtet und mit einem Glas Wein in der Hand im Stehen die Nachrichten verfolgt.

Ihr Onkel Hans hatte angerufen und sich mit verwandtschaftlicher Fürsorglichkeit nach ihr erkundigt. Sie hatten eine halbe Stunde geplaudert. Er hatte sie vor möglichen juristischen Unannehmlichkeiten gewarnt, die die Erbschaft verzögern könnten, und ihr eine ganze Reihe Tipps und Tricks verraten, um den Ablauf zu beschleunigen.

Sie hatte zugehört und ihm gedankt.

»Morgen früh fahre ich nach Amerika«, hatte sie ihm plötzlich anvertraut. »Lena hatte sich ein Flugticket nach

Memphis gekauft. Ich glaube, sie wollte dort das Haus von Elvis Presley besichtigen.«

»Ach ja? Komische Idee. Hatte sie dir nichts von diesem Vorhaben erzählt?«

»Nein, ich hatte keine Ahnung. Ich wusste zwar, dass sie Elvis' Stimme und seine Musik mochte. Aber ihr Wunsch, Memphis zu entdecken, war total überraschend.«

»Allerdings.«

»War Leander auch Elvis-Fan?«, fragte Eva.

»Ja, natürlich, wobei er später die englischen Gruppen vorzog, Beatles, Kinks, Rolling Stones.«

»Und in seiner Jugend?«

»Sie sind manchmal tanzen gegangen. Lena war eine tolle Tänzerin. Ich habe sie mal gesehen. Mit so einem Rock, weißt du, wie man sie damals trug, und darunter natürlich ein Petticoat. Sie wirbelte herum, und hopp, glitt sie zwischen den Beinen ihres Partners hindurch. Leander war nicht sehr begabt.« Er lachte bei der Erinnerung. »Ich glaube, er fand das etwas lächerlich. Er stellte sich nicht gern zur Schau. Ein richtiger Intellektueller, der lieber über den Zustand der Welt diskutierte.«

»Und du?«

»Ich sah ihr zu. Ich fand sie sexy. Wir waren ja fast noch Kinder.«

Nach der Fahrt durch die schlafende Stadt saugte der Flughafen Eva in seine Blase neutraler, von Neonlicht beleuchteter Geschäftigkeit. Den morgendlichen, aus dem Tiefschlaf gerissenen Reisenden sah man die Müdigkeit an, sie schleppten sich durch ungastliche Cafeterias und ließen auf ihrem schwankenden Weg leere Becher, vergossenen Kaffee und Brotkrümel zurück.

Nach dem Check-in gesellte sich Eva zu einer kleinen Gruppe unverbesserlicher Raucher, die in der frischen Morgenluft zitternd ihrem Laster frönten. Während sie an ihrer Zigarette zog, betrachtete sie das Flughafengebäude aus grauem Beton, das an diesem trüben Morgen mit dem Himmel verschmolz.

Die letzte Stunde verging in phlegmatischem Irren durch endlose Gänge und Sicherheitsschleusen.

Sie empfand eine gewisse Erleichterung, als der Flug endlich angekündigt wurde und sie ihren Platz in der Schlange der Reisenden einnehmen konnte, die dasselbe Ziel gewählt hatten.

Da sie sehr früh eingecheckt hatte, bekam sie einen Platz am Fenster und freute sich auf den spektakulären Blick, der sich ihr bieten würde.

Sie war schon in die Lektüre ihres Buches vertieft, als sich ein älterer, schlicht in nüchterne Farben gekleideter Mann neben sie setzte und sie freundlich grüßte. Erst ein paar Minuten später bemerkte sie den unauffälligen weißen, steifen Kragen ... Ein Priester.

»Na, das fehlte noch«, sagte sie sich.

20

Während der üblichen Sicherheitshinweise, die eine Stewardess mit sanfter Stimme herunterbetete, schlummerte Eva ein. Sie wachte erst eine Stunde später auf, als das Bordpersonal Erfrischungen verteilte.

Erstaunt vernahm sie, wie der heilige Mann neben ihr einen Whisky bestellte, der ihm mit dem strahlenden Lächeln der Fluggesellschaft serviert wurde.

Eva begnügte sich mit einem Orangensaft und wollte aus dem Fenster sehen, als ihr Nachbar sie ansprach:

»Auf Ihr Wohl!«

Statt einer Antwort hob sie das Glas in seine Richtung.

»Ich brauche eine kleine Stärkung«, fuhr der Priester fort und nahm einen großen Schluck. Tatsächlich sah er ziemlich blass aus, was Eva vorher nicht aufgefallen war.

»Sind Sie krank?«, fragte sie aus Höflichkeit.

»Nein.« Er zögerte. »Es ist vielmehr so, dass ich unter Flugangst leide. Ich weiß, es ist lächerlich«, fügte er eilig und mit einem verlegenen Lachen hinzu. »Aber ich kann nichts dagegen machen. Es ist stärker als ich.«

»Flugangst ist doch sehr menschlich.«

Der Priester nickte und leerte sein Whiskyglas. »Schon«, sagte er mit unsicherer Stimme.

»Machen Sie sich keine Sorgen«, tröstete ihn Eva. »Die Reise wird sehr gut verlaufen, Sie werden sehen.« Sie winkte der Stewardess und wies diskret auf das leere Glas ihres Nachbarn. »Außerdem bin ich sicher, dass die Welt Sie noch braucht.«

Der Priester lächelte sie dankbar an.

»Was machen Sie in den USA, wenn die Frage nicht indiskret ist?«, erkundigte sich Eva.

Die hübsche Blonde brachte ein Fläschchen Whisky und stellte es auf den Klapptisch des Geistlichen, der es nicht zu bemerken schien. Eva bat sie um eine weitere Flasche für sich und dankte ihr mit einem Kopfnicken.

»Ein Kollege hat mich eingeladen, ein Pastor, den ich bei einer Mission in Afrika kennengelernt habe und den ich sehr schätze. Er ist wirklich ein außergewöhnlicher Mensch.« Bei der Erwähnung seines Gastgebers bekam sein Gesicht wieder etwas Farbe. »Ein Mann in den besten Jahren mit solchen Pranken.« Er bewegte seine eher zarten Hände, um zu zeigen, was er meinte. »Einer, der nicht zögert, die Ärmel hochzukrempeln und zuzupacken. Sie hätten ihn dort erleben müssen, er war überall gleichzeitig.« Der Priester öffnete das zweite Fläschchen und goss den Inhalt in sein Glas. »Er fällte Bäume, baute Möbel, gab den Kindern Unterricht. Solche Unterarme.« Seine Hand schwebte über dem eigenen Arm. »Und obendrein ein echter Lebemann.« Er war jetzt ganz und gar auf die Erinnerung an den Mann konzentriert, den er am Ende seiner Reise wiedersehen würde. »Er hat ordentlich getrunken, wissen Sie. Ich konnte da nicht mithalten«, sagte er mit einem Lächeln, ehe er das Glas an die Lippen führte.

Seine Augen glänzten. Schwer zu sagen, ob der Alkohol daran schuld war oder die schönen Gedanken an den amerikanischen Freund.

Eva schob ihr Whiskyfläschchen, das sie nicht angerührt hatte, diskret auf den Tisch ihres Nachbarn. »Sie reisen offenbar viel für jemanden, der es eigentlich nicht mag«, sagte sie und warf einen Blick aus dem Fenster. Sie waren schon über dem Ozean. Das Wasser funkelte in der Sonne, so weit das Auge reichte.

»Täuschen Sie sich nicht.« Das Gesicht des Priesters begann zu strahlen. »Ich reise leidenschaftlich gern. Der Herr hat mir das Glück gewährt, viele verschiedene Länder zu besuchen.« Er kippte das zweite Glas hinunter. »Und was führt Sie nach Memphis?«

Eva schwenkte den Orangensaft in ihrem durchsichtigen Becher. »Ich fahre nach Graceland. Eine Reise, die meine Mutter geplant hatte, jetzt aber nicht mehr machen kann.«

Ihr Nachbar sah sie aufmerksam an.

»Sie ist vor kurzem gestorben«, erklärte sie.

Er nickte nachdenklich. »Ich verstehe. Sie tun gut daran.« Er öffnete die dritte Flasche, dann sah er auf die Uhr. »Noch sechs Stunden«, seufzte er.

»Sehen Sie sich den Film an«, schlug ihm Eva vor und wies auf den großen Bildschirm, auf dem sich zwei stämmige Polizisten gerade einen erbarmungslosen Kampf mit einer Gruppe von Bösewichtern in Schlips und Kragen und mit Diplomatenkoffern in der Hand lieferten. »Das lenkt Sie bestimmt ab.«

»Nein, auf solche Geschichten kann ich mich nicht konzentrieren. Ich bin … ich bin ziemlich altmodisch.« Er leerte sein Glas. Seine Wangen waren jetzt wieder hübsch rosig. »Sie werden also das Haus von Elvis Presley besuchen? Wissen Sie, ich mag diese populäre Musik auch sehr.«

Plötzlich setzte der Priester ohne jede Vorwarnung mit

Stentorenstimme an: »*Are you lonesome tonight, do you miss me tonight …*«

Die Fluggäste drehten sich nach ihm um. Die weiter entfernt Sitzenden richteten sich auf ihren Sitzen auf, um den Störenfried zu erspähen. Ein paar lachten.

»*Are you sorry we drifted apart? Does your memory stray to a brighter sunny day when I kissed you and called you sweetheart …*«

Einige stimmten in die Melodie des Priesters ein, der laut und falsch sang. Kräftig und glücklich. Der seine Flugangst, sein Alter, vielleicht sogar sein Gelübde vergessen hatte. Der an einem Ort war, den er allein kannte, an einem Sommertag, als noch so viel möglich war.

Aus allen Richtungen kamen Stewardessen herbeigelaufen. Man musste dem Einhalt gebieten, was im Moment nur eine kleine Störung war, aber zur Revolte, zum Aufruhr, zur Katastrophe führen konnte. In ihren Augen war er ein potenziell gefährliches Subjekt, dieser betrunkene, musikliebende Priester, dessen Stimme aufstieg wie in einer Kirche.

»*Is your heart filled with pain, shall I come back again …*«

Er konnte die Strophe nicht beenden. Das Hackbeil der Sicherheitsvorschriften schnitt ihm das Wort ab.

»Pater! Ich bitte Sie: Das ist verboten.«

»Es ist verboten zu singen?«, fragte der Priester erstaunt.

»Jede lautstarke Äußerung muss unverzüglich unterbunden werden. Wir sind mitten im Flug, Pater.«

Er nickte schicksalsergeben. »Gut, Sie haben unterbunden. Sie können wieder Ihrer Beschäftigung nachgehen. Ich werde mich jetzt ruhig verhalten.«

Eva hätte nicht zu sagen vermocht, ob er sich ärgerte, wie ein Störenfried behandelt zu werden, oder weil man ihn mitten in seinem lyrischen Höhenflug unterbrochen hatte. Die anderen Passagiere verloren das Interesse.

Sie strahlte ihn an. »Bravo! Sie haben richtig für Stimmung gesorgt.«

»Ich fürchte sehr, das war nicht nach jedermanns Geschmack. Es tut mir leid.« Er sah auf die Uhr. »Noch fünfeinhalb Stunden. Wie langsam die Zeit vergeht, wenn man sie gerade beschleunigen will. Glücklicherweise habe ich charmante Gesellschaft. Ein unerwartetes Geschenk.« Er deutete mit dem Kopf eine Verbeugung vor Eva an.

Sie empfing das Kompliment mit einem weiteren Lächeln und überlegte, wie sie das Leiden ihres Nachbarn verkürzen könnte. Schließlich machte sie die Handtasche auf und holte ihren iPod heraus. »Das ist alles, was ich Ihnen anbieten kann. Da. Ich brauche ihn nicht.«

Der Priester nahm ihn gern. Er wählte ein Album von John Lee Hooker aus der Liste, rückte den Kopfhörer zurecht und schloss die Augen. Seine Finger begannen auf der Armlehne den Rhythmus zu trommeln.

Same old blues again. Frage, Antwort, Synthese, der Rhythmus wie ein schwerer Schritt, etwas schleppend, immer derselbe, Füße in Ketten auf dem Weg zur Arbeit, unter der brennenden Sonne des Südens, auf der Straße, die lang ist, jeden Tag etwas länger, und dann setzt die Gitarre ein, kühner als die Stimme, sie entflieht, folgt eine Zeitlang ihrer Leidenschaft, aber im Hintergrund bleibt immer der sich wiegende Körper im Rhythmus seiner Schritte. *Same old same old blues again.*

Eine Stunde später schlief der Priester friedlich. Träumte von einer besseren Welt und stieß in unregelmäßigen Abständen ein leises Schnarchen aus.

21

Nach einer weiteren Stunde bedauerte Eva, dass ihr Gesprächspartner in Morpheus' Armen versunken war, denn auch ihr wurde die Zeit etwas lang. Sie unternahm ein kompliziertes Manöver, um über den Priester zu steigen und sich aus ihrer Reihe zu schleichen.

Als sie im Gang stand, holte sie erst mal tief Luft und ging zur Toilette, vor der sich eine Warteschlange gebildet hatte. Ein braunhaariger Mann, etwas älter als sie, lächelte ihr zu. Sie erwiderte das Lächeln, dann ließ sie den Blick wieder durch den Raum schweifen.

»Ganz schön lang«, sagte der Mann.

Sie nickte.

»In New York wurde mal eine Studie gemacht«, erzählte er, ohne sich im Geringsten an den Umständen ihrer Begegnung zu stören. »Man hat festgestellt, dass es jeden Abend zu zwei bestimmten Zeitpunkten einen enormen Anstieg des Wasser- und Stromverbrauchs gab. Und man hat versucht rauszufinden, warum das so ist.«

»Und?«

»Man hat festgestellt, dass es immer während der Werbung und am Ende eines Spielfilms war. Millionen Leute stehen gleichzeitig auf, um zur Toilette zu gehen. Dann machen sie alle ihren Kühlschrank auf, um sich noch ein Bier zu nehmen. Erstaunlich, was?«

»Allerdings«, gab Eva zu. »Auch irgendwie erschreckend.«

»Zweifellos … wenn man noch die Illusion hegt, etwas Besonderes zu sein«, erklärte er mit einem breiten Lächeln. »Halten Sie sich für einzigartig?«

Eva überlegte. Wenn sie ehrlich war, musste sie natürlich mit Ja antworten. Ja, sie war fest davon überzeugt, anders zu sein als die Masse.

»Und Sie?«, fragte sie dümmlich, um Zeit zu gewinnen.

»Mehr oder weniger.«

»Wie jeder«, sagten sie fast gleichzeitig und lachten los. Die Dame vor ihnen drehte sich um und sah sie vorwurfsvoll an, als hätten sie mit ihrem plötzlichen Ausbruch von Fröhlichkeit eine tiefe Meditation gestört. Darüber mussten sie noch mehr lachen.

»Sie sind ein komischer Kerl«, sagte Eva, als sie sich etwas beruhigt hatte.

»Nur eine Frage der Ästhetik«, entgegnete er. »Was haben Sie in Memphis vor? Das Mausoleum besuchen?«

»In gewisser Weise.«

»Das dauert einen halben Tag. Und dann?«

Sie zuckte die Schultern.

»Das ist lustig. Sie sehen gar nicht so aus, aber warum nicht? Ich fahre hin, um Gitarren zu kaufen. In Memphis und dann in Nashville.«

»Ach ja?«

»Im Süden kann man gute Geschäfte machen. Es gibt sehr gute Gitarren, die billiger sind als in Paris. Manchmal findet man sogar Raritäten.«

»Sie sind also Musiker?«

»Wie scharfsinnig!«

Er verschwand in einer Toilette, die gerade frei wurde.

22

Das in Halbdunkel getauchte Foyer des *Peabody Hotel* erinnerte an den vergangenen Glanz des Südens. Riesige Lüster hingen von der hohen Decke herunter und beleuchteten Sessel und niedrige Tische auf einer Seite und eine lange Bar auf der anderen.

In der Mitte befand sich ein kleiner Springbrunnen mit großzügiger Blumendekoration, in dem sich fünf dicke Enten tummelten. Besucher drängten sich um das Becken und amüsierten sich über das niedliche Schauspiel. Ein paar Kinder versuchten, die fetten Enten zu fangen, die im Kreis schwammen. Ein zuvorkommender Empfangschef stand hinter seinem breiten Tresen in einer Ecke des Foyers und erzählte Eva, dass jeden Morgen Punkt acht Uhr ein eigens für diese verantwortungsvolle Aufgabe engagierter Page in Livree die Enten von ihrem Stall auf dem Dach des Hotels zum Marmorbrunnen geleitete. Dazu nahmen sie zunächst den Fahrstuhl und betraten dann den roten Teppich, der extra für ihren kurzen Weg ausgerollt wurde und sie zum Becken führte. War dieses Zeremoniell vollendet, planschten die Enten nach Belieben im Wasser und unterhielten die Gäste mit ihren Arabesken. Genau um siebzehn Uhr kam der Mann in Livree sie wieder holen, und unter dem Applaus der begeisterten Zuschauer legten sie gemeinsam den Weg in umgekehrter Richtung zurück.

Obwohl Eva keine besondere Zuneigung für Schwimmvögel empfand, gab sie zu, dass diese Zeremonie auf ihre Weise einmalig war. Aus fünf armen Enten eine Touristenattraktion zu machen, war unbestreitbar eine geniale Idee in der reinsten Tradition des *American business*. Sie gratulierte dem Empfangschef, dem dieses Schauspiel so am Herzen zu liegen schien, als hätte er es selbst erfunden.

Zum Dank begann er eine erschöpfende Aufzählung der anderen Vorzüge des Hotels, die sehr zahlreich waren. Man musste sich nur umsehen, um eine Vorstellung davon zu bekommen. Vier Restaurants, Schwimmbad, Schönheitssalon, Fitnessraum, Feinkostgeschäft und mehrere Luxusboutiquen, darunter ein berühmtes, von zwei Brüdern geführtes Geschäft, das einst Elvis und den meisten Bluessängern des Deltas die Bühnenkostüme geliefert hatte.

Eva nahm den Schlüssel, den ihr der Empfangschef reichte, während er diskret einen Hotelboy heranwinkte, den sie bis dahin nicht bemerkt hatte. Dieser griff sogleich nach ihrem Gepäck und führte sie mit entschlossenem Schritt zum Fahrstuhl. Während der kurzen Fahrt dachte Eva an Lena, die die rückhaltlose Zurschaustellung des Prunks in diesem Hotel sicher eingeschüchtert hätte.

In ihrer Kindheit waren sie nie in einem Grandhotel abgestiegen, nicht weil ihnen das Geld fehlte – das auch –, sondern weil sich Lena unbehaglich fühlte, wenn sie sich bei jedem Schritt beobachtet wusste.

Ab und zu war sie jedoch mit Eva in ein vornehmes Restaurant gegangen, damit ihre Tochter lernte, wie man sich bei Tisch benahm, denn gute Manieren waren ihr immer sehr wichtig gewesen. Dann sagte sie: »Bestell, was du willst, Kätzchen. Heute ist Festtag.«

Aber schon das Wort Fest, die absolute Ausnahme, die Gelegenheit, die man ergreifen musste, weil sie nicht so bald wiederkehren würde, reichte aus, um Eva zu verwirren. Alles lag in diesem kleinen Wort, das fröhlich klingen sollte, den einfachen Akt des Essens stattdessen aber in eine ungeschickte Theateraufführung verwandelte.

Unwillkürlich warf Eva als Erstes einen Blick auf die Preise, die sie erstarren ließen. Ganz von selbst begann ihr Kopf zu arbeiten, rechnete jedes Gericht in ihren Alltagskonsum um, einfache Einkäufe, so viel Brot, Wein, Schokolade, Fleisch. Lebensmittel für eine ganze Woche, kleine Extras eingeschlossen. Von der Karte ging Evas Blick zu Lenas Gesicht. Die Mutter lächelte aufmunternd, aber irgendetwas in ihren Augen sagte ihr, dass sie dasselbe tat, umrechnen, dass auch sie dem nicht entkommen konnte, und von diesem Moment an war das Fest verdorben. Das prächtige Dekor, die dienstfertigen Kellner, deren Unterwürfigkeit fast unverschämt wurde, weil sie den kurzen Moment erschreckter Überraschung wahrgenommen hatten, wie ein Hund unfehlbar die Angst des Menschen spürt, der sich ihm nähert, die ganze Inszenierung des Besonderen, die Vergnügen bereiten sollte, wurde zum Alptraum.

Ein großer Tuschkasten = zwölf Mark fünfzig.

Nachdem sie dem Boy fünf Dollar in die Hand gedrückt hatte, wofür er sich mit einer eleganten Verneigung bedankte, die in einer Pirouette hinaus in den Flur mündete, war Eva endlich in ihrem Zimmer allein.

Es war geräumig und mit all dem Komfort ausgestattet, der seinen Preis rechtfertigen sollte, wenn auch weniger beeindruckend als das Foyer. Die in violetten bis bläulichen Tönen gehaltene Einrichtung war funktionell und bequem.

Der dicke cremefarbene Teppichboden hatte bereits einiges hinter sich, davon zeugten ungewollte Farbänderungen, die nach dem Einsatz der Zimmermädchen nicht mehr direkt als Flecken zu bezeichnen waren. Das gerahmte abstrakte Gemälde eines unbekannten Künstlers sollte den Raum etwas aufheitern und gleichzeitig zu den vorherrschenden Farben passen, aber der Versuch war missglückt. Nur der große Blumenstrauß, ein Willkommensgruß, der ein bisschen zu protzig auf dem Tischchen thronte, brachte etwas Fröhlichkeit in den Raum, der in seiner unpersönlichen Ausstattung wie die Quintessenz aller Hotelzimmer wirkte. Nichts wies darauf hin, dass man in den USA war, man konnte überall sein und nirgends, fern der Welt.

Ratlos setzte sich Eva auf das Bett. Wegen der Zeitumstellung war es wieder früh am Morgen. Sie fühlte sich müde, hatte aber keine Lust zu schlafen. Sie holte sich einen schweren Glasaschenbecher, zündete eine Zigarette an und füllte ihre Lungen mit dem tröstlichen Rauch, der sie überall begleitete. Eine kleine Wolke, vier Minuten, ehe sie verflog und nur den Geruch nach kaltem Tabak und eine ausgedrückte Kippe zurückließ. Etwas, das gut anfängt und eher schlecht endet, auf jeden Fall banal, unachtsam, ohne eine echte Erinnerung zurückzulassen. So ähnlich muss es sein, mit einer Nutte zu schlafen, dachte sie, während sie auf die glühende Spitze starrte. Die gleiche Erregung, das gleiche Spiel mit dem Feuer, nein, diesmal noch nicht. Und dieselbe Gleichgültigkeit, wenn es vorbei ist.

Trotzdem fühlte sie sich jedes Mal, wenn ihr Feuerzeug eines der kleinen jungfräulichen Stäbchen ansteckte, für kurzen Moment zu Hause, in einem warmen, sicheren Kokon.

Die Zigarette endete wie alle anderen, vergessen im Aschenbechergrab. Eva ging zum Fenster und sah hinaus. Zu ihren Füßen breitete sich ein Teil der weiten Stadtlandschaft aus. Komischerweise gab es viel weniger Wolkenkratzer, als sie erwartet hatte. Vom Stadtzentrum, das ihr ziemlich klein vorkam, führten lange Hauptstraßen in riesige Wohngebiete, so weit das Auge reichte.

Eva duschte, zog sich um, ging hinaus und überließ die Blumen ihrem unmerklichen Welken.

23

Der Empfangschef erklärte ihr, welchen Bus sie nach Graceland nehmen musste. Zuerst hatte Eva den Wunsch geäußert, zu Fuß zu gehen, aber er hatte sie ausgelacht.

»Das ist unmöglich, Miss, Graceland ist viel zu weit. Entweder mieten Sie ein Auto, was die beste Lösung wäre, wenn ich mir einen Rat erlauben darf, oder Sie nehmen ein Taxi. Im Interesse Ihrer Sicherheit muss ich Sie darauf hinweisen, dass hier niemand zu Fuß geht. Jedenfalls nicht so weit außerhalb des Zentrums, verstehen Sie?«

Nur wer kein Geld habe, wer richtig arm sei, gehe hier längere Strecken zu Fuß. »Sie verstehen schon, was ich meine«, fügte er hinzu und sah sie vielsagend an.

»Die Leute werden mich schon nicht überfallen, nur weil sie arm sind«, entgegnete Eva verärgert.

»Ich kann es nicht verantworten, Sie einfach so in Ihr Unglück rennen zu lassen.«

Sein melodramatischer Eifer kam ihr lächerlich vor, aber sie hatte nicht die Kraft, jemandem die Stirn zu bieten, der solche Beredsamkeit entwickelte, um sie zu schützen. Deshalb gab sie nach und ging zur Bushaltestelle, nachdem sie das Taxi, das er ihr bestellen wollte, rigoros abgelehnt hatte.

Auf der kleinen Bank saß schon eine dicke schwarze Frau, neben sich zwei große, randvoll gefüllte Plastiktüten. Ihre ganze Aufmerksamkeit galt dem Beipackzettel eines Haarfärbemittels, das sie, nach der Verpackung zu urteilen, in eine zarte Blondine verwandeln würde.

Ihre vier Kinder spielten lachend Fangen und sorgten für Unruhe bei den anderen Wartenden, die inzwischen eingetroffen waren.

Die wütenden Blicke eines älteren Schwarzen in blauer Latzhose, der die Brille aufgesetzt hatte, um seine Zeitung zu lesen, verfehlten ihr Ziel. Die Kinder waren zu sehr in ihr Spiel versunken, um sie zu bemerken, und ihre Mutter sah nicht mal auf.

Eva meinte den Mann etwas wie »Mein Gott, diese Kids« murmeln zu hören. Sein starker Südstaatenakzent verwandelte den Satz in einen melodischen Vers. Er seufzte und vertiefte sich wieder resigniert in die Nachrichten des Tages.

Zwei Matronen mit gezähmten Sauerkrautlocken und geblümten Kleidern tauschten mit gedämpfter Stimme Vertraulichkeiten aus.

Eva beobachtete alles um sich herum sehr interessiert und war entschlossen, ihren ersten amerikanischen Morgen nach Kräften zu genießen.

Die erstaunlichste Entdeckung war, dass Memphis überhaupt nicht modern zu sein schien. Hier und da fühlte man sich geradezu in die fünfziger Jahre zurückversetzt. Schon am Flugplatz hatte Eva etwas merkwürdig Altmodisches gespürt, das bei ihrem ersten Kontakt mit der Stadt bestätigt wurde.

Niedrige Häuser, die meisten ziemlich heruntergekommen, wechselten mit großen, improvisierten Parkplätzen, Brachland, das von ein paar Seilen abgesperrt war. Das Fehlen jedes Konzepts hatte eine Stadt hervorgebracht, die planlos mit der Zunahme der Bevölkerung und ihrer Bedürfnisse wuchs. Alles irgendwie auf gut Glück, eine überraschend demonstrative Lässigkeit.

Die Straßen waren menschenleer. Die meisten Bewohner waren schon bei der Arbeit. Abgesehen von Evas Grüppchen, das auf den Bus wartete, sah man nur einen behinderten Obdachlosen, der in seinem Rollstuhl einen Doughnut aß, und einen städtischen Angestellten, der langsam den Bürgersteig kehrte. Für sie als Europäerin war diese Leere besonders ungewöhnlich. In Paris waren die Straßen niemals sich selbst überlassen, sondern geprägt vom Kommen und Gehen der Hausfrauen, Mütter, Kindermädchen, Rentner, Freiberufler, Büroangestellten, die der Aufsicht ihres Vorgesetzten entkommen waren, Concierges und Briefträger.

Hier nichts. Abgesehen vom Rauschen des Verkehrs herrschte fast ländliche Stille. Irgendwo sang ein durstiger Mann mit rostiger Stimme einen sehnsuchtsvollen Blues und begleitete sich selbst auf der Gitarre.

Die Kinder der dicken Frau, die sich als Blondine träumte, beruhigten sich im Bus. Zwei Harley-Davidsons rasten dröhnend vorbei. Die bärtigen Biker trugen schwarze Fransenjacken. Eva sah sie im Verkehr verschwinden.

Der Bus fuhr mehrere Kilometer den Elvis Presley Boulevard entlang. Wenig verlockende Wohnhäuser, Garagen, Lagerhäuser, an den Kreuzungen mit anderen großen Straßen ein paar Geschäfte, *Liquor Store*, *Fried Chicken*. Der berühmte Boulevard war eine wahllose Aneinanderreihung der unterschiedlichsten Gebäude. Nach den vereinzelten Fußgängern zu urteilen, die Eva im Vorbeifahren sah, war die Bevölkerung rund um Graceland schwarz.

Sie war überrascht, wie sehr die Rassentrennung für die Einwohner von Memphis weiterzubestehen schien. In ihrer Ahnungslosigkeit hatte sie sich etwas anderes vorgestellt. Echte Gemeinsamkeit oder zumindest einen offeneren Austausch. Das schien jedoch nicht der Fall zu sein. Die Viertel waren schwarz oder weiß. Die Durchmischung entsprach wohl eher einer gewissen europäischen Naivität.

Plötzlich wurde ihr bewusst, dass sie in Tennessee war, dem Staat, in dem sich einst der Ku-Klux-Klan gegründet hatte. Und dass immer noch ein gewisses Misstrauen und eine dumpfe Drohung in der Luft lagen, die unter scheinbarer Gutmütigkeit verborgen waren. Etwas Hartnäckiges, das sich nicht mit einem Schwenk des Zauberstabs beseitigen ließ. Blicke. Unterdrückte Blicke. Als Gleichgültigkeit getarnte Feindseligkeit. Das Erste, was man hier instinktiv registrierte, ob man wollte oder nicht, war die Hautfarbe. Neben dieser Hauptsache verblasste sogar das Geschlecht. Unter diesem Licht wurde ihr ganzes europäisches Sein mit seinen endlosen Identitätsfragen plötzlich lächerlich und nichtig.

24

Schon von weitem erkannte man Graceland an den Gebäuden und den Menschenmassen. Ein gigantischer Parkplatz wartete auf die Fahrzeuge der »Pilger«.

Als Erstes sprang nicht das Haus ins Auge, das etwas zurückgesetzt auf dem Grundstück stand, sondern ein großes Flugzeug, das gegenüber geparkt war und um das sich Dutzende Besucher drängten. Dieses Flugzeug, das Elvis gehört hatte, besaß nicht die Größe eines normalen Privatjets, sondern einer Transportmaschine.

Eva stieg aus dem Bus, ohne das Riesending aus den Augen zu lassen. Neben der beeindruckenden Maschine, die den Namen der einzigen Tochter des King, *Lisa Marie*, trug, stand ein kleineres, sportlicheres, der *Hound Dog II*.

Trotz der frühen Stunde hatte sich schon eine Warteschlange vor dem Haupteingang gebildet. Eva stellte sich in die Reihe, die am Zaun entlangführte. Sie seufzte und ärgerte sich, ihr graute vor Menschenansammlungen. Nachdem sie ein paar Minuten ungeduldig von einem Fuß auf den anderen getreten war, fügte sie sich jedoch in ihr Schicksal und sah sich, um die Zeit totzuschlagen, die Leute an.

Jedes Alter und jede Nationalität schienen vertreten. Eva hörte Sätze auf Englisch, Französisch, Deutsch, Japanisch und Italienisch.

Die Kleidung der Besucher war ebenso vielfältig wie ihre

Herkunft. Einige Fans zeigten die Insignien ihrer Anbetung. Die traditionellen T-Shirts, Ohrringe, Röcke und Lederjacken mit dem Abbild des King rivalisierten mit Gürteln mit der Unterschrift des Idols und Handtaschen mit seinem aufgestickten Namen.

Andere Touristen hatten ihr Outfit nicht der Situation angepasst. Vielleicht hatten sie noch keine Zeit gehabt, sich auszustaffieren, oder sie blieben lieber diskret.

Viele treue Anhänger waren mit Familie da. Eva spürte förmlich, wie die Freude in ihnen aufstieg, je näher sie dem Tor kamen. Den Gesprächsfetzen, die sie hier und da aufschnappte, entnahm sie, dass viele nicht zum ersten Mal da waren. Im Gegenteil, der Besuch in Graceland schien ein Familienritual zu sein, eine Reise, die man sich ab und zu gönnte, um etwas zu feiern oder Freunde zu treffen, die diese Leidenschaft teilten. Auf jeden Fall herrschte Festtagsstimmung.

Gegen zehn Uhr betrat Eva endlich das Grundstück. Trotz der weißen Absperrungen und dem Aufgebot an Sicherheitspersonal war sie aufgeregt. Sie hätte nicht zu sagen vermocht, was es ihr bedeutete, in Graceland zu sein. Vielleicht ist es so, wie wenn man plötzlich mitten in einem Märchen steht, dachte sie. Ein Mensch aus Fleisch und Blut beim Besuch eines Luftschlosses, das er sich in seinen Kinderträumen ausgemalt hat und von dem er jetzt erstaunt feststellt, dass es wirklich existiert.

Eva fragte sich, ob Lena das Gleiche empfunden hätte. Hätte sie sich besonders angezogen, um das Haus des King zu besuchen, lange vor ihrem Kleiderschrank gestanden und dann das türkisfarbene Kostüm aus weichem Stoff ausgewählt, das ihre blauen Augen hervorhob, die auch im Alter noch strahlten?

Das Hauptgebäude war ziemlich hässlich. Der Neokolonialismus mochte trotz der gewagten Mischungen und Stilabwandlungen seinen Charme haben, aber Graceland war bestimmt nicht sein gelungenstes Beispiel.

Ein hohes, massives Portal mit einem von vier glatten Säulen getragenen Giebel, vor dem zwei ebenfalls weiße Löwen wachten, war offensichtlich von griechischen Vorbildern inspiriert. Der Rest des in Beigetönen gehaltenen Gutshauses aus unverputztem Stein passte nicht zu diesem ersten, neogriechischen Eindruck, sondern war eher eine ferne Erinnerung an die europäische Geschichte, im amerikanischen Stil erneuert und korrigiert. Das Zinkdach verstärkte den Eindruck von Inkohärenz, als wäre das Ganze aufs Geratewohl zusammengestückelt.

Als Eva das Haus betrat, staunte sie über die engen Räume. Graceland war eigentlich ein kleines Familienhaus, nicht der riesige Palast, den sie sich immer vorgestellt hatte.

Die Eingangshalle war einfach, weiß und verspiegelt, nur von zwei Lüstern geschmückt. Eine gerade Treppe führte nach oben zu den Zimmern von Elvis, seiner Tochter und seiner Exfrau, aber dieser Bereich war für die Öffentlichkeit gesperrt.

Einige Besucher, die vor allem gekommen waren, um in die Privatsphäre ihres Idols einzudringen, schimpften. Ein alter, korpulenter Mann mit Elvis-Shirt, schwarzer Perücke und Ringen an allen Fingern brach einen regelrechten Skandal vom Zaun. In schlechtem Amerikanisch, hinter dem Eva einen deutschen Landsmann erkannte, beschimpfte er das Sicherheitspersonal, das freundlich versuchte, ihm diese Maßnahme zu erklären. Er ließ sie wissen, er habe die weite Reise vom alten Kontinent herüber gemacht und dürfe wohl verlangen, das ganze Haus zu sehen. Seiner Begleiterin, einem blasshäutigen Geschöpf mit fleischigen Lippen, war das Geschrei des Mannes sichtlich unangenehm. Schließlich gelang es ihr, ihn zu beruhigen. Während sich das Paar dem Salon zuwandte, wechselten ein paar Engländer, die die Szene verfolgt hatten, amüsierte Blicke.

Lena hätte sich bei diesem Auftritt furchtbar geschämt, dachte Eva. Auch nur im entferntesten etwas mit so einem Rüpel zu tun zu haben, war eine Qual für sie. Sie hätte sich eingehend für die Ausstattung des Zimmers interessiert und so getan, als sei sie so sehr in ihre Besichtigung vertieft, dass sie nicht mal mitbekomme, was sich um sie herum abspiele. Als sei sie nur zufällig da. Schon fast wieder weg. Auf jeden Fall nur auf der Durchreise. Mit einem kleinen Höflichkeitslächeln auf den Lippen. Solange sich Eva erinnerte, hatte sie sich in unangenehmen Situationen immer so verhalten.

Ins Privatleben eines angebeteten Wesens eindringen zu wollen, ist ein seltsames Bedürfnis, überlegte sich Eva. Es fängt mit dem Interesse für die Innengestaltung an, dann geht man zur Sammlung getragener Kleidungsstücke über, und der Gipfel ist der Kannibalismus.

Was hätte Lena hier inmitten dieser absoluten Fans zu suchen gehabt? Was hoffte sie hier zu finden?

Seile hinderten allzu begierige Touristen daran, die Möbel anzufassen. Der verbleibende Platz für die Neugierigen erlaubte kein Verweilen. Eva war fast sicher, dass Lena von diesem Blitzbesuch, diesem tristen Gedrängel entlang der Absperrungen enttäuscht gewesen wäre.

Die Besichtigung begann im Salon. Zwei gläserne Türflügel mit blauen Pfauen rahmten die Öffnung zwischen Wohn- und Musikzimmer ein, wo ein Flügel seit 1977 darauf wartete, dass jemand auf ihm spielte. Schwere drapierte Vorhänge in Elektrischblau mit goldenen Fransen zierten die Fenster im Salon. Ein auffällig langer niedriger Tisch in Gold und Schwarz war das zentrale Möbelstück im Raum. Ein ebenso langes, für die Bedürfnisse eines großen Haushalts entworfenes weißes Sofa nahm fast eine ganze Wand ein.

Auf der anderen Seite des Foyers lag das Esszimmer mit schwarzlackierten Möbeln und Kristalllüstern. Eine Vitrine enthielt das glänzende Tafelsilber, von dem niemand mehr aß. Der Geschmack eines Neureichen, gewürzt mit der Extravaganz des Rock 'n' Roll.

1976 war Bruce Springsteen, der bei seiner Tournee *Born to Run* in Memphis auftrat, nach Graceland gekommen. Er hatte Licht im Haus gesehen und war kurzerhand über die Mauer gesprungen. Als ihn Sicherheitsleute festhielten, bat er, mit Elvis sprechen zu dürfen. Man erklärte ihm, Elvis sei nicht zu Hause. Jahre darauf kommentierte er bei einem Konzert das Ereignis: »Später habe ich mich oft gefragt, was ich gesagt hätte, wenn ich an die Tür geklopft und Elvis aufgemacht hätte. Eigentlich wollte ich ja nicht wirklich Elvis besuchen. Es war doch eher so, als sei er vorbeigekommen und habe allen einen Traum ins Ohr geflüstert und als hätten wir alle irgendwie diesen Traum geträumt. Ich weiß noch, wie mich später ein Freund anrief und mir erzählte, dass er tot sei. Es war schwer zu verstehen, wie jemand so tragisch sterben konnte, dessen Musik zu so vielen Menschen kam und sie von ihrer Einsamkeit befreite, so vielen eine Ahnung von all den Möglichkeiten gab, die das Leben bot. Aber ich nehme an, wenn du allein bist, dann bist du nichts anderes als allein.«

Diese Sätze gaben genau wieder, was Lena und Eva empfunden hatten, als sie im Fernsehen den weißen Trauerzug über ebenjenen Boulevard ziehen sahen, auf dem Eva vor einer halben Stunde angestanden hatte.

Trotz der ernüchternden Umstände des Besuchs hatte Eva einen Kloß im Hals. Ihr war nach Weinen zumute, um Elvis, um Lena, um sich selbst, um die ganze Welt, alles zusammen. Um die Fassung zurückzugewinnen, konzentrierte sie sich auf die Details, so als hätte sie Lena versprochen, ihr alles zu erzählen. Scheußliche weiße Porzellanlemuren in mehreren Zimmern, eine Kuriosität. Eine Lampe, deren Fuß mit Muscheln überzogen war, darüber hätte Lena gelacht. Ein muschelförmiges Bett aus weißem Plüsch, das befürchten ließ, es könnte sich jeden Moment über dem darin Liegenden schließen. Ein Sofa aus rotem Samt mit Kissen aus Schwanenfedern. Ein Gemälde des jungen Elvis in weißem Anzug, die Füße in den Wolken, vor einem goldenen Himmel. Verführerisch in seinem kindlichen Größenwahn.

Das war überhaupt das Hauptmerkmal des ganzen Hauses: das Bekenntnis zum schlechten Geschmack. Elvis hatte nicht versucht, jemanden einzustellen, der die Aufgabe gehabt hätte, ihm etwas anderes beizubringen. Niemals hatte er versucht, jemand anders zu werden. Er hatte alle Sachen gekauft, die ihm gefielen. Wie in einem exzessiven Rausch. Rosa Cadillacs, Porzellanlemuren, ausgefallene Anzüge, Pferde, Schweine, Flugzeuge. Er war der König des Rock 'n' Roll. Nicht nur seiner Stimme wegen.

Die Küche war dunkel und klein. Eva fragte sich, wie die berühmte *Memphis Mafia* in dieses Haus gepasst hatte.

Eine Treppe, ringsum aus Spiegeln bestehend, führte in den Keller. Dort waren die Räume sehr niedrig. Im Billardsaal bedeckte ein Patchworkstoff, wie er in den siebziger

Jahren in Mode war, die Decke und einen Großteil der Wände. Er war gefaltet und breitete sich, ausgehend von einem Kreis über dem Billardtisch, über die Decke und über sämtliche Wände aus.

Die verschiedenen Motive in Rot, Gelb, Blau und Weiß wiederholten sich nach einem schwer zu erfassenden Schema, das an Zufall grenzte und dem Raum große Unruhe verlieh. Die Sofas und das Tischtuch waren aus dem gleichen Stoff.

Plötzlich bekam Eva Angst zu ersticken. In den letzten Jahren seines Lebens, das wusste sie, hatte Elvis, der sich am meisten vor Schlaflosigkeit und Einsamkeit fürchtete und vor allem nachts lebte, alle Fenster seines Hauses verdunkeln lassen. Seine Freunde mussten ihm Gesellschaft leisten und sich seinem Rhythmus anpassen, also im Morgengrauen ins Bett gehen und am frühen Abend aufstehen. Er hatte solche Angst vor der Dämmerung und der Nacht, dass er lieber ganz in der Finsternis und bei künstlichem Licht lebte.

Eva war übel, sie kämpfte verzweifelt gegen das Gefühl, die Wände würden sich über ihr schließen.

Sie hatte nur noch einen Gedanken im Kopf: raus, so schnell die Beine sie trugen. Sie musste die Sonne, die Bäume, den Himmel wiedersehen. Sie hatte immer ein tiefes, fast übertriebenes Bedürfnis nach Helligkeit verspürt. Im Vorbeigehen ein paar entgegenkommende Besucher anrempelnd, rannte sie hinaus. Tut mir leid, Mama, dachte sie.

Draußen holte sie tief Luft, um die furchteinflößende Beklemmung zu verjagen. Sie wollte ein paar Schritte durch den Garten gehen, stellte jedoch schnell fest, dass Spaziergänge nicht im Programm vorgesehen waren. Die für die

Touristen vorgesehene Fläche war sehr beschränkt. Die Gestalter der Gedenkstätte hatten alles darauf ausgelegt, dass man sich nicht lange aufhielt. *Time is money.* Am Ende des markierten Wegs musste man schnell für die Nächsten Platz machen. Auf der anderen Seite der Absperrung konnten man weite, sonnige Rasenflächen bewundern.

Eva folgte einer Gruppe, die sich dem *Meditation Garden* zuwandte, wo um ein Becken mit kleinen Fontänen im Halbkreis die Gräber der Familie angeordnet waren. Sie las die langen Abschiedstexte, die auf jedem Stein eingraviert waren. Die kleine Bank, die der Sammlung dienen sollte, war besetzt. Ein paar Sträucher und Blumenarrangements verschönten das Ensemble aus weißem Marmor.

Einige Schritte weiter befand sich im Schatten von drei hundertjährigen Bäumen ein Swimmingpool von bescheidenem Ausmaß. Eine rot-blaue Schaukel rostete vor einem der zahlreichen Nebengebäude. Auch sie war von einer Absperrung umgeben.

Eva betrat ein kleines Haus dicht daneben. Hinter einer Glasscheibe sah man den Schreibtisch von Elvis' Vater, Vernon Presley, nüchtern, funktionell, anders als der Kitsch im Hauptgebäude. Auf einem Bildschirm lief in einer Endlosschleife ein Interview, das Elvis während seiner Militärzeit gegeben hatte. Mit seinem G.I.-Schnitt wirkte er schüchtern und jung, fast etwas verloren. Seine Mutter war gerade gestorben. Der Reporter fragte ihn, ob er nach seinem Dienst in Deutschland nach Memphis zurückkehren werde. »*Oh, yes, Sir*«, antwortete der junge Mann eilig. »Was bedeutet Memphis für Sie, Elvis?« Die Antwort, wieder sehr rasch, war von entwaffnender Aufrichtigkeit: »*Everything, Sir.*« – »Und Graceland? Wollen Sie das Haus behalten?« – »Solange es mir möglich ist«, mit einem Lächeln, in dem das Glück leuchtete.

Hatte er »bis zum Ende« dazugesagt?, fragte sich Eva ein paar Minuten später. Ihr war, als hätte sie es gehört.

25

Während sich die Badewanne im Hotel mit schaumigem Wasser füllte, stand Eva am Fenster. Die fremde Stadt lag reglos unter der erdrückenden Mittagssonne. Über dem Asphalt flirrte die stickige Luft.

Als sie sich auszog, dachte sie an Elvis' Anzüge, die sie in Graceland gesehen hatte. Die Jacken aus der ersten Periode hätten Victor und seine Kollegen in der Werbung vor Neid erblassen lassen. Perfekter Schnitt, gewagte Farbe, Samtstoff mit breitem Revers. Unbekümmerte Schönheit, ein Lächeln im Mundwinkel. Für einen, dem es nicht in die Wiege gelegt war, konnte der Reichtum mit fünfundzwanzig nur fröhliche Verrücktheit sein. Luxus und Lust.

Die Bühnenkostüme der letzten Periode waren von zweifelhaftem Geschmack. Trotzdem waren diese üppigen Einteiler zum Markenzeichen des King geworden. Die berühmte Silhouette, die jeder auf der Welt sofort erkannte.

Zu jedem Kostüm gab es das passende Cape. Auf eins davon war der amerikanische Adler gestickt, auf ein anderes die aztekische Sonne. Ein drittes zeigte einen springenden Tiger, ein viertes einen Drachen. Überall derselbe Traum von Macht, Glanz und Strahlen.

Alles war übertrieben: die breiten Gürtel, der tiefe Ausschnitt über der behaarten Brust, die hohen Kragen, die ausgestellten Hosenbeine. Die Männlichkeit eines schillernden

Herrschers, der in einem früheren Leben Lastwagenfahrer gewesen war und den Gott ausersehen hatte, dieses außergewöhnliche Schicksal zu vollbringen.

Ladies and gentlemen, here comes the king ...«

Als hätte er versucht, es zu verstehen, indem er es auf übertriebene Weise kundtat. Warum ich? Der ständige Zweifel inmitten des Offensichtlichen. Er glaubte es und glaubte es nicht. Wusste, dass es wahr war, wusste, dass es falsch war. Spielte das Spiel, ohne die Regeln zu kennen.

Nach ihrem Bad ging Eva nach unten und setzte sich an einen Tisch im kleinsten Restaurant des Hotels. Sie bestellte ein Steak mit Pommes frites, dazu eine Karaffe Rotwein. Ihre Gedanken waren noch in Graceland.

Sie holte ihre Zigaretten aus der Tasche, aber ein Kellner stürzte mit halb unterwürfiger, halb besorgter Miene herbei und wies sie auf das Verbotsschild hin, das direkt über ihrem Kopf hing.

»Sorry.« Entschuldigendes Lächeln. Kleine Verbeugung und leichtes Schulterzucken. Die Vorschriften wurden nicht von ihm gemacht.

Eva seufzte leise und steckte die Schachtel weg. Sie kreuzte den Blick einer Frau am Nebentisch, die sie beim Hereinkommen nicht bemerkt hatte. Die Frau war um die sechzig, ungeschminkt, mit einem grauen Bubischnitt. Ihre Kleidung war jenseits von Gut und Böse. Eine Hose, die man ihr nicht vorwerfen konnte, dazu eine ordentlich gebügelte hellblaue Bluse.

»Sind Sie Französin?«, fragte die Frau mit einem hoffnungsvollen Leuchten in den Augen.

»In gewisser Weise«, antwortete Eva.

»Mein Name ist Dufour-Guérin.«

»Angenehm, Jacobi«, antwortete Eva mechanisch.

»Sehr erfreut, Sie kennenzulernen. Machen Sie hier Ferien? Wenn das nicht indiskret ist.«

Typisch französische Höflichkeit mit einem Stich ins Angelsächsische.

Eva konnte schlecht wieder »In gewisser Weise« antworten. Dabei traf es zu. Deshalb nickte sie nur unbestimmt und goss sich etwas Rotwein ein. Er schmeckte nach sonnenverwöhnten Trauben.

»Auf Ihr Wohl«, sagte Madame Dufour-Guérin. »So ein Schlückchen Wein tut gut. Die Amerikaner trinken meistens Bier, das kann auch gut sein.« Immer diese Sorge, niemanden zu verärgern. »Aber es ist doch etwas anderes.«

Auch das stimmte. Unbestreitbar. Man müsste eines Tages eine Liste aller gefahrlosen Äußerungen zusammenstellen, dachte Eva.

»Ich mag kein Bier«, sagte sie. Die einfache Erklärung klang in diesem Kontext wie kindliche Auflehnung.

»Oh«, sagte die Frau und stieß ein kleines Lachen aus. »Dann werden Sie hier zu leiden haben.«

»Und was führt Sie her?«, fragte Eva aus Höflichkeit.

»Die Arbeit. Ich begleite Napoleon III., besser gesagt seinen Thron.«

Eva vergaß einen Moment ihr zu durchgebratenes Steak. »Den Thron von Napoleon III.?«, wiederholte sie ratlos.

»Ja, das Stadtmuseum bereitet eine fantastische Ausstellung vor. Ich hoffe, Sie bleiben lange genug, um sie zu sehen. Sie wird am nächsten Sonnabend eröffnet.«

»Da bin ich noch da.«

»Das freut mich sehr!«

Obwohl Eva Monarchensitze im Allgemeinen gleichgültig waren, versprach sie hinzukommen. So hatte sie etwas Konkretes vor, wenigstens einen Termin in den nächsten zwei Wochen.

»Hatten Sie schon Gelegenheit, sich die Stadt anzusehen?«, fragte die Thronhüterin.

»Nein, ich bin erst heute Morgen angekommen.«

»Ich habe auch noch nicht viel gesehen. Es gab bisher so viele Formalitäten zu erledigen. Aber heute Nachmittag habe ich etwas Zeit. Hier soll ein sehr bekannter Sänger gelebt haben, und man kann sein Haus besichtigen. Man hat mir erzählt, dass viele Touristen extra seinetwegen kommen. Das finde ich lustig. Wie hieß er doch gleich? Zu dumm. Sein Name liegt mir auf der Zunge.«

Eva konnte es kaum fassen. Wahrscheinlich hörte sie nichts anderes als Symphonien von Haydn oder Schubert, wenn sie überhaupt einmal Freizeit hatte. Ansonsten spielte sich ihr Leben in einem Museum ab.

»Elvis Presley.«

»Genau! Elvis Presley«, rief Madame Dufour-Guérin begeistert. »Die Geburt des Rock'n'Roll, nicht wahr?«, als handele es sich um eine Frage bei einem Fernsehquiz, dessen glückliche Gewinnerin sie dank ihres hervorragenden Gedächtnisses war.

»Ich persönlich habe in meinem Leben sehr wenig solche Musik gehört.«

Eva konnte ihr Lächeln nicht unterdrücken. Das hätte sie auch sehr gewundert.

»Aber ich hatte Brüder, die sich dafür interessiert haben«, plauderte sie weiter. »Meinen Sie, dass es sich lohnt, hinzugehen?«

»Tausende gehen hin«, erklärte Eva lapidar. »Aber wenn man die Musik nicht mag, ist es nicht so interessant. Die Warteschlange ist lang.« Sie gab dem Kellner ein unauffälliges Zeichen, ihr die Rechnung zu bringen.

»Ach so, ich verstehe.« Die Konservatorin stockte. Dann siegte ihre Gutmütigkeit. »Aber irgendwas müssen die Leute doch daran finden.«

»Auf jeden Fall suchen sie etwas.«

Sie nickte.

Eva zahlte und stand auf. »Ich wünsche Ihnen einen angenehmen Aufenthalt.«

Sie schüttelten sich die Hand. Madame Dufour-Guérin lächelte herzlich. »Bis nächsten Sonnabend!«

Im Fahrstuhl dachte Eva über das seltsame Gespräch nach.

»Nur was uns anschaut, sehen wir«, hatte Franz Hessel gesagt, ein deutscher Schriftsteller, den Eva mochte und der in jeder ihrer Vorlesungen über Exilliteratur vorkam. Große Teile des Lebens entgehen uns, dachte Eva, während sie die Zimmertür aufschloss. Wann beginnen die Dinge uns anzuschauen? Was führt dazu, dass sie plötzlich ihren Blick auf uns richten? Ein Geheimnis. Und warum hatte Elvis Lena so eindringlich angeschaut?

26

Sie ging erst am Abend wieder raus. Den eifrigen Empfangschef meidend, der glücklicherweise mit einem schwedischen Ehepaar beschäftigt war, legte sie rasch ihren Schlüssel auf den Tresen und machte sich auf den Weg zur Beale Street, die ganz in der Nähe war.

Sie war neugierig auf diese mythische Straße, in der, wie man sagte, der Blues geboren war. Als sie ankam, erlebte sie jedoch eine große Enttäuschung. Beale Street war winzig und glich mehr einer Filmkulisse als einer richtigen Straße. Die erste Häuserfront, die Eva sah, hielt sich nur dank riesiger Stahlträger aufrecht. Dahinter war nichts. Wie eine Saloon-Fassade für einen billigen Western.

Die kleine, für den Verkehr gesperrte Straße bestand nur aus Souvenirgeschäften und Restaurants, die mit grellen Neonlichtern die Kunden lockten. Marktschreierische Werbung für diverse Blueskonzerte, eins authentischer als das andere, zierte die Eingänge. Ein paar Musiker in Paillettenkostümen saßen auf Barhockern und spielten ein paar Noten auf ihren Instrumenten, um einen Vorgeschmack auf das zu geben, was den Gast drinnen erwartete. Auf dem Weg durch die Straße wechselten die Touristen von einer Melodie zur anderen und waren bald betäubt von diesem Potpourri, das hier und da zur Kakophonie ausartete. Ein ausgestopftes Viertel. Nicht mehr und nicht weniger.

Eva ging die Straße hinunter und versuchte sie sich vor sechzig Jahren vorzustellen. Das war schwierig, obwohl die Musik etwas Zeitloses hatte. Man musste nur einen Moment stehen bleiben und sich auf eine Melodie konzentrieren, schon war man gefangen von dem Klang, der einen Zeit, Ort, Geblinker und Werbung vergessen ließ. Eva hörte zu. Nur eine Gitarre, eine heisere Stimme, die nicht versuchte, schön zu sein, der jedes Bemühen fernlag, irgendetwas darzustellen. Eine Geschichte, immer dieselbe. Eine verlorene Liebe. Der Mississippi. Das Hundeleben. *Same old blues again.*

Eva war nicht sicher, ob ihr das Viertel in seiner Blütezeit gefallen hätte. Und Lena wohl noch weniger. Das Viertel der Zuhälter, der kleinen Rowdys und Spieler, der Betrüger, Trickser, Freudenmädchen, Musiker und Süchtigen. Die Quintessenz eines Szeneviertels, ausschließlich schwarz, in dem die Weißen höchstens geduldet wurden.

Kurt Weills *Bilbao Song* fiel ihr ein. Lotte Lenyas raue, heisere Stimme sang von den Ruinen der Vergangenheit. Von den Abenden, an denen etwas geschah, das sich der Beschreibung durch Worte entzog. Von der Melancholie dessen, was niemals wiederkehren würde. Eine andere Art von Blues. Nein, Eva würde nie wissen, wie Beale Street gewesen war. Sie wusste nur, dass hier in der Gegend fast alle Strömungen der westlichen Popmusik entstanden waren: Blues, Rock, Soul … Nashville, zweihundertfünfzig Kilometer entfernt, war immer noch das unbestrittene Zentrum der Countrymusic. Trotz aller Zweifel an der Authentizität dieser Überreste war es doch ein ganz eigenartiges Gefühl.

In der Menge, die an diesem Abend durch Beale Street strömte, gab es auch ein paar Originale. Altrocker mit rabenschwarzer Tolle waren nicht die spektakulärsten Exemplare in dieser Vielfalt ausgefallener Fantasien, obwohl einige die Detailtreue bis zur Perfektion trieben.

Ein Zwillingspaar ging Arm in Arm. Sie trugen Shorts mit Schottenmuster, die ihre langen weißen Beine betonten, und hatten beide den gleichen knabenhaften Haarschnitt, der in den zwanziger Jahren *in* gewesen war.

Es gab ein paar sehr elegante schwarze Paare, die Männer in cremefarbenem Anzug mit passender Krawatte und die Frauen in orangefarbenen oder roten Kleidern, die im Rhythmus ihrer Hüften glänzten.

Eine Schwarze mit überdimensionalen Formen, eingezwängt in ein bonbonrosa Kleid mit abgrundtiefem Dekolleté, stieg aus einem schwarzen Auto wie eine gigantisch wuchernde Blume, die aus der Dunkelheit auftaucht. Sie hatte fröhliche Augen und schüttelte stolz ihre Mähne. Eva war tief beeindruckt von dieser übernatürlichen Erscheinung. Sie folgte ihr mit dem Blick und sah, wie sich die Männer nach ihr umdrehten. Sie machten Witze, aber in ihren Augen funkelte Begehren.

Eva setzte ihren Spaziergang fort und kam an einem Geschäft vorbei, das ausschließlich B. B. King gewidmet war. Ein Fresko, das ihn mit seiner Gitarre darstellte, bedeckte die ganze hintere Wand. In den meisten anderen Läden gab es sowohl Bluesaccessoires als auch Artikel, die mehr oder weniger mit der Geschichte des Rock'n' Roll verbunden waren. Elvis in jeder Aufmachung, Graceland en miniature mit einem rosa Cadillac davor, Toilettenbrillen in Gitarrenform, T-Shirts, Badetücher, Regenschirme, Koffer, Tassen, Spiegel mit dem Foto des King. *It's a one for the money, a two for the show.*

Nur ein einziges Schaufenster fiel aus dem Rahmen, das von *Schwab*, ein besonders lustiges Durcheinander. Clownshüte, Masken, Bonbons, Senf, Puppen, Gehstöcke und Töpfe wurden bunt durcheinander angeboten. Drinnen hing der Geruch von Naphthalin, Staub und feuchtem Holz. Eva lächelte. Ihr Blick war auf lange Unterhosen gefallen, wie die Männer sie am Anfang des 20. Jahrhunderts getragen hatten. Lena wäre begeistert gewesen, dachte sie. Vielleicht hätte sie sogar welche gekauft, um ihren Kunden einen kleinen Streich zu spielen.

Es fing an zu nieseln. Ein Ladenbesitzer, ein großer, tätowierter Bursche, auf dessen Bandana ein Totenkopf prangte, räumte eilig seine Sachen ein. Hastig stieß er einen Ständer auf Rädern vor sich her, um ihn in Sicherheit zu bringen. Eva sah gerade noch eine Reihe von T-Shirts in allen Größen und Farben, auf denen *No Black, no White, just Blues* stand. Frommer Wunsch eines Firlefanz-Verkäufers. Seit ihrer Ankunft hatte Eva erst ein gemischtes Paar gesehen.

Die Straße leerte sich. Die meisten Spaziergänger waren schon in die Clubs und Bars geflüchtet, um dem Regen zu entgehen.

Eva konnte sich nicht dazu durchringen, ihnen zu folgen. Sie schleppte ihre feuchte Unentschlossenheit weiter, bis sie in einer Seitenstraße ein italienisches Restaurant entdeckte, das sie entfernt an ihr Pariser Stammlokal *Da Giorgio* erinnerte.

27

Sie ging hinein und wählte einen kleinen Tisch am Fenster. Nachdem sie die nasse Jacke ausgezogen hatte, bestellte sie Spaghetti und eine Karaffe Chianti. Die Kellnerin, die mit ihrer blonden Mähne und den übertrieben geschminkten blauen Augen überhaupt nicht italienisch aussah, notierte ihre Bestellung, ohne den Mund aufzumachen. Ob es nun am Regen lag oder an einem untreuen Freund, der Überdruss schien ihr aus allen Poren zu quellen.

Eva zwang sich, darüber hinwegzusehen, denn sie wusste, dass der Blues ansteckend ist und dass sie nicht viel brauchte, um ihn zu bekommen.

Sie starrte auf die Straße und die blinkenden Lichter in der feuchten Dunkelheit. Plötzlich glaubte sie eine bekannte Gestalt zu erkennen. War das nicht der Musiker aus dem Flugzeug, der da an einer Laterne vorbeiging? Sie wollte ans Fenster klopfen, aber es war zu spät. Der Mann war schon verschwunden.

Der Teller mit Spaghetti holte ihre Aufmerksamkeit ins Restaurant zurück. Erst jetzt bemerkte sie den Doppelgänger von Elvis mit breiten, tiefschwarzen Koteletten und weißem *Jumpsuit*, ein wohlgenährter Fünfziger, der an einem Tisch an der Wand saß und gerade eine Pizza verschlang.

Am Nebentisch saß ein wesentlich jüngerer Mann. Seine Haare waren ähnlich frisiert, hatten aber ihre natürliche aschblonde Farbe mit einem roten Schimmer behalten. Neben seinem Teller, auf dem ein großes Steak und Pommes frites warteten, lag eine Sonnenbrille, wie Elvis sie am Ende seines Lebens getragen hatte.

Die beiden Imitatoren aßen schweigend und starrten gelegentlich auf den Bildschirm, wo Videoclips liefen.

Auf einer Kuhweide wackelten junge Frauen in Strumpfhosen, Stetson und Fransenjacke zu Countryrhythmen mit den Hüften und versuchten, die Zuschauer mit ihrer Begeisterung für die Rinder anzustecken. Eva war selbst so fasziniert von dem seltsamen Schauspiel, dass sie die beiden Männer einen Moment vergaß.

Als sie sich vom Bildschirm abwandte, waren sie in ein Gespräch vertieft. Der Ältere sprach mit starkem Südstaatenakzent. Den Jüngeren konnte man besser verstehen.

»Letzten Monat war ich in Vegas, im September fahr ich wieder hin. Aber bis zum Geburtstag muss man hierbleiben. 'ne Menge zu tun.«

»Ich fahr auf dem Rückweg über Tupelo«, sagte der Doppelgänger im *Jumpsuit* und schob sich dabei ein großes Stück Pizza in den Mund.

»Du wirst doch wohl nicht am Wettbewerb teilnehmen?«

»Warum nicht? Ich bin jedes Jahr dort.«

»Letztes Jahr war's scheiße. Alles getürkt«, erklärte der Jüngere verächtlich.

»Was willst du damit sagen?« Eva vernahm eine gewisse Spannung in der Stimme des Weißgekleideten.

»Martin Costello die Trophäe zu verleihen war doch absurd. Einem fetten alten Varietésänger. Er ist lächerlich!«

Der andere richtete sich auf seinem Stuhl auf. »Er war immer der Beste, der Glaubhafteste. Seine Konkurrenten konnten ihm nie das Wasser reichen. Er hatte den perfekten Hüftschwung. Echt Klasse! Außerdem hat er ihn gekannt, weißt du das? Sie haben miteinander gesprochen, der King und er. Kannst du dir das vorstellen?«

»Genau das mein' ich. Wach gefälligst auf. Vor zwanzig Jahren war er vielleicht der Beste. Aber jetzt nicht mehr. Man hätte ihm den Preis für sein Lebenswerk geben können. Da wär ich einverstanden gewesen. Ehe er in Rente geht, eine nette Geste von den Kameraden. Fürs Erinnerungsalbum. So was macht man. Aber die goldene Gitarre, ich glaub, ich spinne. Nein, da mach ich nicht mehr mit.« Er schob seinen Stuhl zurück. Die Diskussion hatte ihm den Appetit verdorben.

Sein Gesprächspartner war blass geworden. »Klasse ist Klasse, die altert nicht.«

In seiner Stimme lag eine Mischung aus Schmerz und Drohung. Mehrere Gäste drehten sich um, und sogar die Kellnerin erwachte aus ihrer Lethargie.

»Das trifft vielleicht auf Charlie Chaplin zu, aber nicht auf den King«, sagte der Jüngere mit herausforderndem Blick. »Da sollte man besser den Beruf wechseln.«

Der andere sprang auf. Er riss die Serviette runter, die er sich in den Kragen gesteckt hatte, um sein Bühnenkostüm nicht schmutzig zu machen. »Du kleine Mistsau!« Er ging auf den Blonden zu, der ebenfalls aufstand. »Rotznasen wie dich habe ich schon andere auf den Teppich gestreckt.«

Er nahm eine Karatestellung ein. Der Jüngere packte seinen Stuhl. Die Kellnerin schrie. Der italienische Koch kam aus der Küche angestürzt. Die beiden Männer waren schon in einen wilden, verbissenen Kampf vertieft.

Die anderen Gäste gerieten in Aufruhr. Manche versuchten in die hinterste Ecke des Restaurants zu flüchten, andere rannten zur Tür.

Im Nu eskalierte die Situation. Eva hatte so etwas noch nie erlebt und reagierte nicht früh genug. Sie hätte sofort zum Ausgang flüchten müssen, aber sie wurde von einer Frau daran gehindert, die sich an sie klammerte und von Schluchzen geschüttelt wurde. Es herrschte ein wildes Durcheinander. Immer mehr Leute wurden in das Gerangel hineingezogen. Jemand schrie, Blut floss.

Plötzlich stürmten Polizisten herein. Eva hatte sie nicht kommen gehört. Einer zog den Revolver, ein anderer schwenkte seine Kennmarke und zwei weitere stellten sich mit Gummiknüppeln in der Hand rechts und links neben die Tür.

»Niemand verlässt den Saal.«

Die auf sie gerichtete Waffe wirkte sofort beruhigend auf die Kampfhähne. Sie standen mit hängenden Armen in der Mitte des Raums, das Kostüm ruiniert, Blut an den Händen, aufgeschürfte Gelenke.

Der italienische Koch kam als Erster zu sich. Er ging zu einem der Polizisten und erklärte ihm gestikulierend seine Version des Tathergangs. Dieser unterbrach ihn und sagte etwas, was Eva nicht verstand.

Sie fragte die Frau, die endlich ihren Arm losgelassen hatte, nach einer Erklärung.

»Zur Wache«, antwortete diese mit tonloser Stimme.

Eva brauchte nicht lange, um zu begreifen, dass dieses nicht sehr verheißungsvolle Urteil auch sie betraf.

28

Als sie auf der Polizeistation ankamen, war es einundzwanzig Uhr fünfundvierzig. Die Polizisten hatten alle mitgenommen, die als Zeugen dienen konnten.

Am Anfang dachte Eva, ihr Status als Ausländerin würde ihr eine bevorzugte Behandlung sichern, aber von dieser Vorstellung musste sie sich schnell verabschieden.

»Ich möchte mit einem Vertreter der französischen Botschaft sprechen«, sagte sie zu einem Polizisten, der versuchte, im Raum für Ordnung zu sorgen.

Er würdigte sie kaum eines Blicks und brummte nur: »Sie warten, bis Sie dran sind.«

Plötzlich fiel Eva ein, dass sie ohnehin die deutsche Botschaft hätte verlangen müssen, denn trotz all der Jahre in Paris hatte sie noch einen deutschen Pass.

Resigniert suchte sie sich einen Platz auf einer schmalen Holzbank, die den Frauen vorbehalten war. Die Männer saßen auf dem Boden und lehnten an der Wand. Dort lag auch der ältere der beiden Kampfhähne, der nur halb bei Bewusstsein zu sein schien.

Eva stand auf und ging zum Tresen, wo sich bereits der italienische Koch, die Kellnerin und der jüngere Elvisimitator drängten. »Er muss ins Krankenhaus.« Sie wies auf den Mann mit den schwarzen Koteletten. Der rote Fleck auf seinem weißen Anzug wurde immer größer.

»Alles zu seiner Zeit. Sehen Sie nicht, dass ich so schon genug zu tun habe?«

»Verhören Sie ihn morgen früh. Er wird schon nicht wegfliegen«, antwortete Eva tapfer.

»Er liegt doch nicht im Sterben.«

»Er leidet.«

»Hätte er sich vorher überlegen müssen. Das wird ihm eine Lehre sein.«

Eva merkte, dass sie auf diese Weise nichts erreichen würde. Sie setzte sich wieder hin und überlegte, wie sie sonst die Aufmerksamkeit der aufgebrachten Amtspersonen wecken könnte.

Eine hohe Frauenstimme ließ sich vernehmen.

»Sie mögen keine Prügeleien in den Touristenzonen.«

Die Frau, die während der Schlägerei die Nerven verloren hatte, saß neben ihr, aber auf dem Boden wie die meisten Männer. Sie hatte die Knie hochgezogen und umschlang sie fest mit den Armen. Dutzende Armbänder in allen Farben, die bei jeder Bewegung klingelten, schmückten ihre Handgelenke. Sie waren Eva bisher nicht aufgefallen. Die Frau trug einen langen dunkelvioletten Samtrock und ein apfelgrünes T-Shirt. Trotz ihres jugendlichen Körpers und der vollen Mähne, die von einem breiten Band zusammengehalten wurde, vermutete Eva, dass sie die vierzig schon lange überschritten hatte. Ihre Augen waren noch rot und geschwollen, aber sie weinte nicht mehr.

»Hatten Sie vorhin Angst?«, fragte Eva.

»Ich hasse Gewalt«, antwortete die Frau leidenschaftlich. »Und ich ertrage nicht, dass man ihn auf diese Weise in den Dreck zieht.«

»Wen?«

»Den King natürlich. Das tut mir weh – hier.« Sie schlug sich auf die Brust. »Und er selbst wäre sehr böse.«

»Ach ja?« Eva versuchte vergeblich, ihr Erstaunen zu verbergen.

»Ich heiße Irene.« Die Frau reichte ihr die Hand.

»Eva.«

»Freut mich. Ich bin froh, jemanden zu treffen, der mich versteht. Da wird einem warm ums Herz.«

Eva lächelte nur.

»Manchmal machen sich die Leute lustig«, fuhr Irene fort, ohne sich um ihre Umgebung zu kümmern. »Sie glauben im Ernst, er sei tot und begraben.« Sie kicherte höhnisch.

Eva traute ihren Ohren nicht. »Sie sprechen doch von Elvis?«, vergewisserte sie sich.

»Von wem soll ich sonst sprechen?«

»Jaja, ich hatte es schon verstanden. Ich wollte mich nur vergewissern.«

Am Tresen wurden die Stimmen lauter. Der Koch war offenbar nicht einverstanden mit der Darstellung des Geschehens durch den jungen Doppelgänger. Der Polizist, der versuchte, ein Protokoll aufzunehmen, wurde wütend.

Eva seufzte und wandte sich wieder ihrer Nachbarin zu. Da sie nun einmal hier festsaß, konnte sie sich auch ihre Geschichte anhören, die wenigstens unterhaltsam zu werden versprach. »Bitte erzählen Sie! Sie glauben also, er lebt?«

»Das ist völlig offensichtlich, Eva.« Irene senkte die Stimme. »Doch er will nicht, dass man es weiß.«

Eva fand Gefallen an der Geschichte. »Aber es ist eine Autopsie gemacht worden«, hielt sie dagegen, nur um Irenes Reaktion zu testen. »Der Gerichtsmediziner hat eine große Menge Psychopharmaka in seinem Blut gefunden.«

Irene schüttelte nur den Kopf. »Das behaupten sie. Aber so naiv darf man nicht sein, Eva. Wenn du die Leute bezahlst, erzählen sie alles, was du willst. Es hängt nur davon ab, wie viel du investierst. Und Elvis hat viel Geld. Für ihn ist es nichts. Nichts«, wiederholte sie im Brustton der Überzeugung.

Eva konnte es kaum fassen. Nie zuvor hatte sie solchen Unfug gehört. Im Alltag kam sie nie mit solchen Traumtänzern in Berührung. Andererseits faszinierte sie das Sammelsurium absurder Erklärungen, und sie wollte sie gern bis zum Ende hören.

»Das stimmt«, gab sie zu. »Aber es gab doch Zeugen. Mehrere Personen, abgesehen von den Ärzten, haben Elvis tot gesehen.«

Irene hörte ihr mit etwas herablassender Miene zu, wie Erwachsene nachsichtig den überschäumenden Erzählungen eines Kindes lauschen, mit dem die Fantasie durchgeht.

»Und ich glaube, es ging ihm schon mehrere Jahre schlecht«, argumentierte Eva, aber Irene ließ sich nicht beirren.

»Er hat so getan. Um seinen Tod glaubhaft zu machen. Das ist doch logisch, oder? Hättest du es nicht genauso gemacht?«

»Darüber habe ich noch nicht nachgedacht«, antwortete Eva ziemlich trocken. Sie besann sich und fuhr freundlicher fort: »Sie glauben also an einen ausgeklügelten Komplott, in den Dutzende Personen verwickelt waren, auch die Polizei?«

Irene sah sich um, ehe sie langsam nickte.

»Warum sollte er das getan haben?«, bohrte Eva.

»Weil er genug hatte von der Berühmtheit. Weshalb sonst?«

Als wäre es glasklar.

»Aber woher wissen Sie solche geheimen Dinge? Er hat es Ihnen doch nicht etwa selbst erzählt?«

Irene reckte sich zu Eva hoch und überzeugte sich, dass niemand sonst sie hören konnte. »Er hat mir ein Zeichen gegeben.« Ihre Armbänder klingelten stolz.

»Ach so?« Das wurde ja immer besser. Eva konnte nicht widerstehen. »Was für ein Zeichen?«

»Es war 1977, an meinem sechzehnten Geburtstag.« Irene setzte sich bequemer hin. »Ich war zu Besuch bei meinem Onkel Lester. Sein zweiter Vorname war übrigens Vernon.«

»Vernon?«, wiederholte Eva verständnislos.

»Na, genauso wie Elvis' Papa!« Ein misstrauischer Glanz in Irenes Augen zeigte erste Zweifel an Evas Fähigkeit, die wertvollen Informationen zu würdigen, die sie ihr offenbaren wollte.

»Ach so, klar, ich hab an was anderes gedacht«, versicherte Eva, um Irenes Verdacht zu zerstreuen.

»Im Garten meines Onkels wurde ein Wohnwagen aufgestellt. Mein Onkel hatte ein riesiges Grundstück, aber das Haus war nicht groß genug, um alle aufzunehmen. Ich fand es toll, mit meiner Cousine Alice im Wohnwagen zu schlafen. Wir durften vier Ferienwochen dort verbringen. Alice hatte ein paar Sachen aus ihrem Zimmer mitgebracht, und wir hatten uns ein richtiges Mädchennest eingerichtet. Dort haben wir dann die halbe Nacht gequatscht und ab und zu Zigaretten geraucht, die wir meinem Cousin Tom klauten, der schon neunzehn war und in der Stadt arbeitete. Manchmal hatten wir sogar ein bisschen Gras. Alice war in einen Nachbarjungen verliebt und redete pausenlos von ihm. Ich hatte keine Ahnung, ob sich der Junge besonders für sie interessierte, aber ich habe ihr Mut gemacht. Liebe ist das

Schönste, was es auf der Welt gibt, man muss sie immer ermutigen, findest du nicht?«

»Doch, doch«, antwortete Eva.

»Denn was bleibt uns, wenn wir die Liebe nicht mehr haben?«, fragte Irene traurig und starrte vor sich hin.

»Sie haben ja so recht«, bestätigte Eva voller Inbrunst, weil sie fürchtete, Irene werde sich in allgemeinen Betrachtungen über den Sinn des Lebens verlieren.

Irene sah Eva an und fuhr in ihrer Geschichte fort. »Am 16. August lagen wir abends auf unserem Bett, als Tom in den Wohnwagen gestürmt kam, er war ganz außer Atem. Wir haben schnell die Zigarette versteckt, die wir uns gerade teilten, aber das war unnötig, Tom hat es nicht mal gerochen. Er hat nur gesagt: ›Elvis ist tot‹ und ist genauso schnell verschwunden, wie er gekommen war. Ich glaube, er hat geweint und wollte nicht, dass es jemand sieht.«

Elvis' Doppelgänger mit den schwarzen Koteletten stieß ein herzzerreißendes Stöhnen aus. Ein Mann mit ungekämmtem Haar, der bisher geduldig an der Wand gelehnt und gewartet hatte, bis er an die Reihe kam, ging raus und kam mit einem Becher Wasser wieder. Er kniete sich hin und gab dem Verletzten zu trinken, wobei er seinen Nacken stützte. Der Mann verzog das Gesicht, während er schluckte. Die Hälfte der Flüssigkeit rann über sein blutbeschmiertes Kinn.

Irene war ganz in ihrer Geschichte versunken und hatte keinen Blick für den leidenden Imitator. »Ich bin zusammengebrochen. Alice war genauso verzweifelt. Wir haben die halbe Nacht geweint.«

Eva hörte nicht mehr zu. Sie überlegte sich, dass man unbedingt etwas unternehmen musste, und war schon im Begriff aufzustehen, um erneut dem Vertreter von Recht und Ordnung entgegenzutreten, als der Mann, der dem falschen Elvis Wasser gebracht hatte, zum Tresen stürmte.

»Ich verklage euch wegen unterlassener Hilfeleistung für eine Person in Not, ihr Arschlöcher«, schrie er. Seinem Ausbruch folgte allgemeines Schweigen. »Und morgen weiß es das ganze Land, das garantiere ich euch. So eine Werbung hattet ihr noch nie. Dann könnt ihr zusehen, wie ihr das erklärt. Das wird nicht einfach. Denn an Zeugen fehlt es ganz bestimmt nicht.«

Er zog etwas aus der hinteren Tasche seiner engen Jeans, das Eva nicht erkennen konnte, und schleuderte es auf den Tresen. Es erwies sich als Presseausweis.

»Beruhigen Sie sich«, befahl der Polizist. Trotz seines autoritären Tons griff er nach dem Telefon und ließ unverzüglich einen Arzt kommen.

Der Mann kehrte wortlos an seinen Platz zurück. Seine Absätze klapperten auf dem Boden. Eva fiel auf, dass er schwarze Westernstiefel mit einer weißen Verzierung trug, die die Stiefel wie Fuchsköpfe aussehen ließ. Er holte eine Zigarette aus der Tasche seiner kurzen roten Lederjacke und zündete sie an. Niemand griff ein.

»... ein weißer Seidenschal, wie er sie während seiner Konzerte verteilte«, hörte Eva. Sie begriff, dass Irene weitererzählt hatte und dass ihr offenbar ein Stück entgangen war.

»Ich hatte ihn unter dem Bett versteckt. Es war das Teuerste, was ich hatte, verstehst du? Und als der Wohnwagen abgebrannt war, fand ich ihn unbeschädigt wieder.«

Evas ratloser Blick veranlasste Irene zu einer Erklärung. »Ja, der Kühlschrank war draufgefallen, verstehst du?« Sie strahlte triumphierend.

»Und warum ist der Wohnwagen abgebrannt?«, fragte Eva.

»Das habe ich dir doch gerade erklärt! Wegen der Zigarette, die ich vergessen hatte, aber das ist nicht die Frage. Der Schal war das Einzige, was nicht in Rauch aufgegangen ist. Das Einzige!«

»Ich verstehe«, sagte Eva. »Aber das ist doch kein Beweis, dass er noch lebt. Wenn Sie an Geister glauben, würden Sie mir genau die gleiche Geschichte erzählen.«

»Sag mal, für wen hältst du mich eigentlich? Ich glaube nicht an Geisterbeschwörung und solchen Quatsch. Das ist doch lächerlich. Warum nicht gleich an Außerirdische, wenn wir schon mal dabei sind«, antwortete Irene beleidigt. »Und außerdem, als ich Onkel Lesters Küche betrat, gerade nachdem ich dem Feuer entkommen war, spielten sie im Radio *Burning Love*, raffst du es jetzt?«

Eva nickte verständnisinnig. Das war die absurdeste Geschichte, die sie je gehört hatte. Sie war zerrissen zwischen Fassungslosigkeit und dem unbändigen Drang zu lachen. Wie schade, dass Lena nicht da war.

Sie zündete sich ebenfalls eine Zigarette an. Leider verlief dieser Akt der Auflehnung nicht so glatt wie bei dem amerikanischen Journalisten. Ein Polizist riss ihr die Zigarette aus der Hand und brüllte sie an. Er wollte ihren Pass sehen. Erst jetzt fiel ihr ein, dass sie ihn im Hotel gelassen hatte, als sie sich kurz vor dem Losgehen noch für eine andere Tasche entschied.

Dieses Missgeschick kostete sie eine weitere Stunde auf der Polizeiwache und eine üppige Geldstrafe.

Als sie endlich mitten in der Nacht die Tür zu ihrem

Hotelzimmer aufschloss, seufzte sie vor Erleichterung. Sie setzte sich aufs Bett, nahm ihre Uhr ab und legte sie auf den Nachttisch. Sie war stehengeblieben. Eva hatte schon wieder vergessen, sie aufzuziehen.

Sie zog ihre Kleider aus, legte sich hin und schlief sofort ein.

29

Eva wachte erst spät auf. Nachdem sie noch eine Zeitlang vor sich hin gedöst hatte, erhob sie sich widerwillig und ging unter die Dusche. Sie ließ lange das Wasser auf ihren Körper rieseln, als wolle sie damit die Erinnerung an die Ereignisse des Vortags wegspülen. Statt eines richtigen Frühstücks trank sie nur eine Tasse Kaffee und verbrachte dann den Rest des Vormittags damit, durch die Geschäfte im Hotelfoyer zu schlendern. In einem seit den fünfziger Jahren legendären Laden für Männerbekleidung, der Musiker von weit her anzog, fand sie ein orangefarbenes, sündhaft teures Samthemd, dem sie nicht widerstehen konnte. Sie kaufte es, ohne zu wissen, für wen.

Zum Mittagessen setzte sie sich auf die schattige Terrasse eines Restaurants und bestellte Schweinerippchen mit Pommes frites und eine Cola light. So schlicht und irgendwie kindlich zu essen gefiel ihr gut. Fast so, als würde sie einem Verbot zuwiderhandeln. Sonst achtete sie sehr auf ihre Ernährung. Viel frisches Gemüse, Salat und Obst, im Ofen gebackener Fisch mit ein paar Tropfen Olivenöl, etwas guter Käse. Das war auch eine Frage der Kultur. Eva war zwar keine große Köchin, hatte sich im Laufe der Jahre aber genug Kenntnisse angeeignet, um Freunde zum Abendessen empfangen zu können, ohne rot zu werden.

Sie hatte keine echte kulinarische Tradition mitbekommen, wie es in Frankreich so oft der Fall war. Lenas Küche war einfach, kräftig, gut, aber nicht denkwürdig. Das Rezept für ein *Bœuf Bourguignon*, dessen Geheimnis ihre Ururgroßmutter von einer Aristokratin anvertraut und das von Generation zu Generation weitergegeben wurde wie ein wertvoller Schrank, dieser Brauch, dieser dem französischen Bürgertum eigene Stolz war Eva fremd. Das Kalbsragout, weniger ein Fleischgericht als ein Familienerbe, lag ihr manchmal etwas schwer im Magen. Andererseits erschien es ihr im Glanz von so viel Geschichte besonders begehrenswert.

Natürlich hätte sie sich ein Kochbuch kaufen können, um ein *Bœuf Bourguignon* zu kochen, aber es wäre niemals das der adligen Dame, Friede ihrer Asche. Deshalb beschränkte sie sich auf einfache Speisen wie Roastbeef mit Kartoffeln, ein Gericht, das man nicht verderben konnte und nach dessen geheimnisvollen Ursprüngen niemand je fragen würde. Im Laufe der Zeit hatte sie einen feinen Gaumen entwickelt, inzwischen konnte sie sogar einen Wein verkosten. Das ist nicht jedem gegeben, dachte sie und zündete sich eine Zigarette an, die man ihr im Freien wohl nicht verwehren konnte.

Während sie genüsslich den Rauch einzog, lauschte sie einen Moment auf die Geräusche der Straße und den Gesang der im Laub über ihrem Kopf versteckten Vögel. Sie fühlte sich wohl. Das Elend der Welt verblasste vor dem Lichterspiel, das durch einen Windhauch angeregt wurde, der die Schatten der Blätter auf dem Tisch tanzen ließ.

Die ersten Noten eines sehnsüchtigen Blues drangen an ihr Ohr, das Solo einer unglücklichen Seele, die mit der Gitarre kommunizierte. »*I woke up this morning ...*« Kurze, kräftige Antwort der Elektrogitarre. »... *and my baby left me.*« Es fing fast immer so an. Der Blues beginnt dort, wo die Liebesgeschichte endet. Die Lieder haben die raue Schönheit von Baumrinde.

»Was wird jetzt aus mir, wo du nicht mehr da bist?«, fragte eine heisere Stimme die Frau, die fortgegangen war. Und wiederholte die angstvolle Frage gleich noch mal. Der Abgrund der leeren Zeit, all die Jahre vor sich, ohne das geliebte Wesen. Eva hatte es erlebt. Als sie Michel verließ, um ihre Haut zu retten.

Die Gitarre gab eine Antwort. »Nichts«, sagte sie in einer melodischen Klage. »Nur Musik. Nichts als Musik.« Die Finger des Mannes glitten über die Saiten seines Instruments.

Eva zündete eine zweite Zigarette an, um die Mücken fernzuhalten. Sie lauschte dem einfachen, anrührenden Rhythmus, der den Körper vibrieren ließ und ihn wach hielt. Ruhelosigkeit. Jubel und Traurigkeit.

Die Musik des Deltas, rund hundert Jahre zuvor auf den Baumwollplantagen geboren, die sie nur von Fotos kannte, fing plötzlich an, zu ihr zu sprechen.

Die dampfenden Schweinerippchen wurden serviert. Sie waren ein bisschen angebrannt, eine knusprige Hülle um das zarte, saftige Fleisch. Eva aß sie mit den Fingern, denn es gibt keine andere Art, Schweinerippchen zu essen.

30

Am nächsten Morgen beschloss sie, sich noch einmal in der Umgebung von Graceland umzuschauen. Wie bei ihrem ersten Besuch hatte sich vor dem Eingang des Geländes schon eine Warteschlange gebildet, aber die Souvenirgeschäfte wurden noch nicht gestürmt.

Im Schaufenster des ersten Ladens entstaubte ein noch ziemlich verschlafener Verkäufer mit dem Plumeau eine realistische Stuckstatue, die Elvis mit der Gitarre in der Hand darstellte. Eva ging hinein.

Lange Neonröhren verbreiteten ein grelles Licht in dem großen Raum mit tausenderlei ins Unendliche variierten Devotionalien. Tassen, Teller, Nachthemden, Hausschuhe, Handytaschen, Untersetzer, Rockerjacken, Anhänger, Uhren und Ringe füllten Tische, Regale und Vitrinen.

Ein junger Mann mit einer Baseballmütze, deren Schirm er nach hinten gedreht hatte, kam herein. Er hielt einen Becher in der einen und eine Papiertüte in der anderen Hand und strahlte ansteckend gute Laune aus.

»Hi, Willie«, sagte er und klopfte seinem älteren Kollegen auf den Rücken, der als einzige Antwort die Stirn runzelte.

Ohne sich über diesen nicht eben herzlichen Empfang zu ärgern, ging er zu einem Regal hinter der Kasse und betätigte einen Knopf.

You ain't nothin' but a hound dog – a cappella, Händeklatschen, Schlagzeug und Gitarre – *Cryin' all the time* …

Was in den fünfziger Jahren sensationell, ja furchtbar skandalös gewesen war, klang heute ein wenig angestaubt. Trotzdem nahm der junge Mann gleich den Rhythmus auf, während er neue Ware in die Regale räumte.

»Bitte, Josh, mach das aus«, rief der Ältere. In diesem Aufschrei konnte man förmlich seine Kopfschmerzen spüren. »Ich kann's nicht mehr hören. Es ist doch noch niemand da. Und der Lady macht es bestimmt nichts aus.« Immer noch mit seinem Plumeau in der Hand, sah er Eva flehend an.

Sie beruhigte ihn mit einem Lächeln. Mit einem erleichterten Seufzer stellte Willie die Musik aus.

Eva wandte sich den Bücherregalen zu. Wie zu erwarten, gab es unter den unzähligen Werken, die Elvis gewidmet waren, Dutzende Biographien des Stars und viele Autobiographien von Personen aus seiner Umgebung. Neben diesen Memoiren, die ihre Rechtfertigung aus der Nähe zwischen dem Star und dem Autor zogen, standen etwa zwanzig andere literarische Werke, bei denen das Motiv der Autoren weniger klar war. Es gab aber auch Romane, darunter eine Krimiserie, in der Elvis einen Detektiv verkörperte, der singend die schwierigsten Fälle löste. Eva las die anspielungsreichen Titel, die der Autor seinen Werken gegeben hatte. *Kill me tender*, *Viva Las Vengeance*, *Such Vicious Mind* und *Blue Suede Clues*.

»Sieh einer an«, sagte jemand auf Französisch.

Eva drehte sich um. Hinter ihr stand der Musiker aus dem Flugzeug. Sie hatte ihn nicht hereinkommen gehört.

»Suchen Sie Souvenirs für Ihre Lieben daheim? Ich zeig Ihnen meine Favoriten. Sonst könnten Sie sie in dem Durcheinander hier womöglich übersehen.« Er wies mit einer weiten Handbewegung auf den Ladeninhalt. »Und das wäre schade. Mal sehn.«

Er ging zu einem Regal weiter hinten, bückte sich und schwenkte, als er hochkam, stolz eine kleine Figur des Stars. Als Eva näher kam, erkannte sie, dass es ein Telefon war.

»Ich glaube, es gibt verschiedene Klingeltöne. Man kann zwischen *Jailhouse Rock* und *Hound Dog* wählen. Aber das wirklich Außergewöhnliche daran ist, dass Elvis' Beine zu wackeln anfangen, wenn es klingelt. Ich kann es Ihnen jetzt nicht zeigen, weil es nicht angeschlossen ist, aber glauben Sie mir, diesen Kauf werden Sie nicht bereuen.« Er imitierte das unterwürfige Gebaren eines eifrigen Verkäufers. »Es ist natürlich etwas kostspieliger als dieser wunderbare Becher.« Er griff nach einer Tasse mit Paillettenaufschrift. »Es sollte also für einen besonders teuren Menschen sein.«

»Ich fürchte sehr, meine Umgebung weiß dieses Juwel nicht angemessen zu würdigen«, ging sie auf seinen Ton ein. »Aber ich werde es mir vielleicht selbst schenken«, sagte sie, einer seltsamen Eingebung folgend. Sie nahm ihm das Telefon aus der Hand.

»Das ist eine hervorragende Idee! Ich habe das gleiche. Wir könnten ab und zu telefonieren, von Elvis zu Elvis, mit dem Wissen, dass wir beim anderen dasselbe Beben auslösen. Die Vorstellung gefällt mir. Ansonsten sollten Sie es besser in der Rumpelkammer verstecken, falls ernsthafte Besucher zu Ihnen kommen, um über Geschäfte oder Ähnliches zu reden.«

»Zu mir kommt niemand, um über Geschäfte zu reden«, antwortete Eva. »Ich habe rein gar nichts zu verkaufen.«

»Das nehme ich Ihnen nicht ab. Heutzutage hat jeder was

zu verkaufen. Überlegen Sie mal. Vielleicht finden die Transaktionen nicht bei Ihnen statt. Das ist natürlich möglich. Oder Sie sind nicht von dieser Welt.«

Er war schon beim nächsten Regal. Eva kam kaum hinterher.

»Mützen? Nein. Davon rate ich Ihnen ab. Ein unverzeihlicher Anachronismus. Elvis war überhaupt kein Mützentyp. Wissen Sie, dass er nicht mal Jeans trug, ja dass er dieses Kleidungsstück aus Graceland verbannt hatte? Niemand dort durfte welche tragen.«

»Und warum nicht?«

»Weil sie ihn an seine Arbeiterherkunft und an die Armut erinnerten. Für ihn waren Jeans Arbeitshosen.«

»Anscheinend kennen Sie Elvis' Leben auswendig. Im Flugzeug haben Sie mich ausgelacht.«

»Keineswegs. Ich habe nur gesagt, dass so eine Pilgerreise nicht zu ihnen passt. Ich habe nie gesagt, dass sie nicht zu mir passt. Ich habe sie schon vor langer Zeit gemacht. Aber bei mir ist es etwas anderes. Ich bin Musiker. Memphis ist wie Mekka. Die Beatles waren hier, die Stones sowieso, das muss man gar nicht erst erwähnen. Natürlich Paul Simon. Manchmal spiele ich hier mit Musikern aus der Gegend. Das ist ein wunderbares Erlebnis. Ab und zu komme ich sie besuchen. Dann machen wir zusammen eine *session*, und ich kaufe ein paar Gitarren. Die Instrumente, die mir am wenigsten gefallen, von denen ich mich am leichtesten trennen kann, verkaufe ich in Frankreich weiter. Immer mit leichtem Bedauern, aber damit bezahle ich meine Reise.«

Während der ganzen Rede war er weiter an den Auslagen entlanggegangen, als suchte er etwas Bestimmtes. Vor einem Tisch blieb er stehen.

»Die Wecker sind nicht schlecht, finde ich. Von recht nüchterner Schönheit. Der hier ist ein Klassiker.« Er hob ein einfaches Modell in Schwarz-Weiß mit einem Foto aus dem Film *Jailhouse Rock* hoch.

Eva nahm ihn in die Hand. »Ja, aber man muss erst mal wissen, ob er laut ist oder nicht.«

»Die Klingel? Die sollte man besser hören. Dazu ist ein Wecker ja da. Darin sind sich alle Experten einig.«

»Nein, ich sorge mich mehr um das Ticken.«

»Ach ja? Um das Ticken sorgen Sie sich?« Er lächelte ironisch. »Die Standuhr schnurrt im Salon, sie sagt ja und sagt nein, sagt, ich warte auf euch. Meinen Sie das?«

»Ach, Quatsch.« Eva winkte gereizt ab. »Regelmäßige Geräusche hindern mich am Schlafen. Tropfende Wasserhähne zum Beispiel.«

»Auch schnarchende Ehemänner, zum Beispiel?«

»Ja, die auch.«

»Ich habe eine Idee«, rief er. »Sie kaufen ihn, legen Batterien ein und lauschen aufmerksam. Wenn Sie das Ticken tatsächlich stört, schenken Sie ihn jemandem, dem das völlig egal ist. Der eine andere Neurose hat. Der keine geblümten Tapeten erträgt. Der niemals Grün trägt. Diese Person wird viel zu sehr mit ihren sonstigen psychischen Defekten beschäftigt sein, um sich auch nur im Geringsten von diesem schönen Gerät stören zu lassen.«

»Mag sein«, gestand ihm Eva zu. »Aber wie soll ich das herausfinden? Der einzige Weg, Gewissheit zu erlangen, wäre, die Nacht mit der fraglichen Person zu verbringen. Und schon muss auch ich wieder das Ticken des Weckers ertragen, nicht wahr?«

Er nickte. »Da ist was dran.«

»Ich nehme ihn nicht«, beschloss Eva und stellte den Wecker zurück. »Ich hab keine Lust, mich von so einem ...« Sie zögerte einen Moment, ehe sie den Satz beendete. »... blöden Wecker ärgern zu lassen.«

»Beschissenen Wecker. Sie wollten beschissener Wecker sagen. Sie haben einen winzigen Augenblick gezögert, dann haben Sie blöd gesagt.« Er beugte sich zu ihr und sagte leise: »Hier ist niemand, der uns hören kann. Diese Herren dort achten gar nicht auf uns.« Er wies mit dem Blick auf die Verkäufer, die sich in der Tat nicht im Geringsten für die beiden Frühaufsteher aus Europa interessierten, die durch ihren Laden streiften. »Außerdem bin ich sicher, dass sie kein Wort unserer schönen Sprache verstehen. Warten Sie. Wir werden es gleich wissen. Monsieur!«, sagte er laut.

Der jüngere Verkäufer hob den Kopf.

»Haben Sie auch weniger beschissene Wecker?«

Der Mann sah ihn verständnislos an.

»Da sehen Sie's«, sagte der Musiker fast triumphierend zu Eva. »Jetzt oder nie. Sie können sich gehenlassen. Wenn Sie Lust haben, beschissen zu sagen, sagen Sie es. Sogar mehrmals hintereinander. Und so laut Sie wollen. Mir ist das nämlich scheißegal. Ich nehme es Ihnen bestimmt nicht übel«, ergänzte er lachend.

»Sie nerven mich mit Ihrer beschissenen Überlegenheit.«

»Das ist schon ganz gut, obwohl Sie unrecht haben, es so aufzunehmen.« Er ging ein paar Schritte weiter, wieder ganz auf seine Suche nach geeigneten Souvenirs konzentriert. Eva war etwas verlegen.

»Und die Küche? Kochen Sie gern? Ich habe nämlich etwas ganz Außergewöhnliches entdeckt. Kommen Sie, sehen Sie selbst.« Er legte ihr ein Kochbuch in die Hände, das den

Leser mit dem schönen Titel *Are You Hungry Tonight?* ansprach.

Im Vordergrund sah man einen Teller mit einem riesigen Hot Dog. Direkt dahinter hatte der Fotograf ein gerahmtes Foto des jungen Elvis gestellt, der dem Betrachter in die Augen sah. Rechts und links vom Foto lockten ein Brathähnchen und Brot. Das Werk trug den Untertitel »Elvis' Lieblingsgerichte«. Eva drehte es um. Auf der Rückseite stand: »*Including fried peanut butter & nana sandwiches*«. Wenn man daran dachte, wie Elvis gestorben war, kam es einem fast obszön vor.

Eva sah den Musiker an. Der zuckte mit den Schultern.

»Sie haben recht. Dieses Werk gehört mehr in ein Kuriositätenkabinett als in die Küche. Vielleicht kaufe ich es mir selbst.«

Er nahm ihr das Buch aus der Hand und ging zur Kasse.

»Es war mir ein Vergnügen, Sie wiederzusehen«, sagte er vor dem Geschäft und reichte ihr die Hand. »Morgen Abend spiele ich im *Blues Café*. Wenn Sie Lust haben …«

»Wie heißen Sie eigentlich?«, fiel ihr noch ein zu fragen, ehe er im Gewühl verschwand.

»Frédéric.«

Eva nickte lächelnd.

»Das ist einfach zu merken. Sie denken an Chopin und kommen auf Frédéric.«

»Und warum sollte ich gerade an Chopin denken?«

»Hier steht doch an jeder Ecke ein Klavier rum«, erklärte er lachend.

Ehe Eva auffiel, dass er sie nicht mal nach ihrem Namen gefragt hatte, war er schon weg.

31

Etwas verdutzt lief Eva ein paar Schritte in Richtung Bushaltestelle, dann machte sie kehrt und ging noch einmal in den Laden zurück, um zwei von den Krimis zu kaufen, die sie entdeckt hatte, bevor Frédéric aufgetaucht war. Sie war sicher, dass Lena sie gekauft hätte. Ihre Mutter liebte Krimis. Fälle, die von einem Kommissar mit Elvis' Zügen gelöst werden mussten, hätten ihr bestimmt Spaß gemacht.

Mit den beiden Büchern unter dem Arm ging Eva erneut zur Kasse. Plötzlich zögerte sie. Vielleicht sollte sie ein Andenken für Victor suchen, eine Kleinigkeit, über die er sich freuen würde. Deswegen musste sie ihm trotzdem nicht ihre ganze Reise erzählen. Langsam ging sie an den Regalen und Tischen entlang. Sie sah sich jeden Gegenstand aufmerksam an, merkte aber bald, dass sie nicht wusste, was sie auswählen sollte. Victor und sie hatten sich immer teure, geschmackvolle Geschenke gemacht, oft zum Verzehr bestimmt, um den anderen nicht mit einem Gegenstand zu belasten, den er womöglich nicht behalten wollte. Guter Wein, Cognac, Blumen, Konfekt. Keine kleinen, lustigen Geschenke, Anspielungen auf ihr Liebesleben, sinnliche Zweideutigkeiten.

Ich habe mir mit ihm nie die geringste Freiheit erlaubt, stellte Eva plötzlich erstaunt fest. Ich war nicht mal imstande, ihm vom Tod meiner Mutter zu erzählen. Er hätte mir bestimmt zugehört, wie er es immer macht. Aber ich habe es nicht getan. Ich liebe ihn nicht. Und er liebt mich auch nicht. Ich führe ein feiges Leben.

Lena hat es wenigstens probiert. Sie hat Leander geliebt, sie hat mich bekommen und großgezogen. Sie hat vielleicht auch Hans geliebt. Ganz sicher sogar. Hans war wahrscheinlich Lenas letzte wahre Liebe. Sie ist auf Hindernisse gestoßen, sie hat sich betrogen und wurde betrogen, aber sie hat sich auf alles eingelassen. In Lenas Leben gab es weniger Lügen als in meinem.

Hastig bezahlte sie ihre beiden Bücher und verließ das Geschäft. Sie musste sich bewegen. Die Gedanken wirbelten in ihrem Kopf herum. Sie drohte im Selbstmitleid zu versinken und hatte einen dicken Kloß im Hals.

Da sie um keinen Preis auffallen wollte, blieb sie draußen stehen und suchte in ihrer Tasche nach einer Zigarette. Sie zündete sie an und setzte sich auf eine Bank. Ganz ruhig, befahl sie sich. Sie beobachtete, wie sich die Spitze ihrer Zigarette erst in Glut und dann in Asche verwandelte. Ein leichter Wind bewegte die Blätter der hundertjährigen Eiche, unter der sie saß. Die Schatten der Äste tanzten im Rhythmus des Windes auf dem sandigen Boden. Allmählich fand Eva ihre Ruhe zurück.

Nach zehn Minuten holte sie eins der eben gekauften Bücher heraus, um sich abzulenken. Sie schlug es auf und las die ersten Seiten von *Blue Suede Clues*.

Plötzlich spürte sie eine leichte Erschütterung. Jemand hatte sich auf die andere Seite der Bank gesetzt.

»Das ist nicht der beste«, sagte eine Männerstimme nach einigen Sekunden. »Mir gefällt *Kill me Tender* besser.«

Eva hatte keine große Lust, sofort gestört zu werden. Außerdem mochte sie es nicht, wenn ihr Fremde beim Lesen über die Schulter schauten. Deshalb antwortete sie nicht, sondern hob nur den Kopf, um zu sehen, wem sie diesen neuen Einbruch in ihre Privatsphäre zu verdanken hatte.

Ein weißer Mann um die siebzig mit grauem Haar und Sonnenbrille hatte am anderen Ende der Bank Platz genommen. Er trug eine rostfarbene, unten leicht ausgestellte Hose und ein weißes Hemd mit einem Muster aus abstrakten Ornamenten und Blüten. Er war frisch rasiert und etwas korpulent.

Ein Schäferhund saß brav zu seinen Füßen und zeigte nicht die geringste Ungeduld, als wäre die kleine Bank eine obligatorische Etappe des gemeinsamen Morgenspaziergangs. Der Mann lächelte Eva freundlich an. Er wirkte nicht sehr draufgängerisch. Eher ein wenig schüchtern.

»Verzeihen Sie, dass ich Sie einfach so anspreche«, sagte er, stand kurz auf und neigte den Oberkörper, was sich als Verbeugung interpretieren ließ. Diese feierliche Art der Begrüßung war recht ungewöhnlich für einen Amerikaner. Und das war er zweifellos, er stammte sogar aus der Region, wie sein etwas singender Akzent erkennen ließ, mit dem er manche Worte besonders betonte.

Eva lächelte zurück. Es verwirrte sie, dass sie durch die dunkle Brille die Augen des Mannes nicht erkennen konnte. Ob es nun Eitelkeit oder eine Notwendigkeit, vielleicht irgendeine Augenkrankheit war, auf jeden Fall konnte man seinen Blick nur ahnen.

»Haben Sie sie alle gelesen?«, fragte Eva und zeigte auf die Bücher, die sie gerade gekauft hatte.

»Ja. Sehr lustig«, antwortete der Mann, der sich trotz der eleganten Begrüßung nicht vorstellte.

Er holte zwei in Alufolie gewickelte Sandwichs aus einer Plastiktüte und bot eins davon Eva an, die höflich ablehnte. Daraufhin packte der Mann beide aus und hielt eins seinem Hund hin, der sich genüsslich darüber hermachte.

Als Eva den Schäferhund kauen sah, ganz in seine Gefräßigkeit vertieft, fiel ihr plötzlich Hildchen ein, die sie seit der ersten Begegnung mit Carola Horwitz völlig vergessen hatte.

»Wie heißt er denn?«, fragte sie.

»Bessie. Es ist ein Weibchen. Wie Bessie Smith, wissen Sie?«

Sie nickte. »Und warum? Hat Ihre Hündin eine so außergewöhnliche Stimme?«

Er lachte. Ein überraschend schnelles, offenes und lautes Lachen, das gar nicht zu seiner Redeweise zu passen schien. »Nein, aber sie arbeitet dran. Manchmal gibt sie Konzerte.«

Eva nickte. »Meine Mutter hatte eine Katze«, setzte sie an. Sie zögerte einen Moment, ehe sie fortfuhr. »Sie heißt Hildchen, nach Hildegard Knef, aber die müssen Sie nicht kennen. Es war eine Schauspielerin.«

»Die Tiere sind unsere treusten Gefährten. Sie verraten uns nie.«

Eva runzelte die Stirn. Er sprach wie ein Prospekt vom Tierschutzverein. Aber sie wusste, dass ihre Mutter das Gleiche hätte sagen können und obendrein mit denselben Worten. Nur Einzelgänger mit einem leichten Hang zur Paranoia können solche Sätze so selbstverständlich von sich geben, ganz spontan, während sie ein Sandwich essen, überlegte sie sich.

Der Mann kaute und schwieg. Eva fühlte sich unbehaglich. Komischerweise konnte sie sich auch nicht aufraffen zu gehen.

»Ihre Mutter lebt nicht mehr?«, fragte er nach einer kurzen Weile.

»Nein. Sie ist vor ein paar Wochen gestorben. Ganz unerwartet, von einem Tag auf den anderen.«

Bessie hob plötzlich den Kopf und schnupperte. Ein kleines Eichhörnchen rannte über den Seitenweg und flüchtete auf einen Baum. Der Hund sah ihm hinterher.

Der Mann hatte seine Mahlzeit beendet. Er faltete die Alufolie sorgfältig zusammen und steckte sie in die Tüte. »*I'm sorry.*« Er stand auf, um die Tüte in die nächste Mülltonne zu werfen. Der Hund rührte sich nicht. »Es ist schrecklich, seine Mutter zu verlieren.«

Eva zündete sich die nächste Zigarette an.

»Das sollten Sie nicht tun«, sagte er und wies auf die Zigarette.

Eva tat, als hätte sie es nicht gehört. Gleichzeitig war sie berührt von dieser spontanen Anteilnahme. Ein alter Mann, den sie zum ersten Mal sah, Tausende Kilometer weg von zu Hause, sorgte sich um ihre Gesundheit.

Er stand auf. Bessie folgte gehorsam seinem Beispiel.

»Einen schönen Tag.«

»Auf Wiedersehen«, antwortete Eva mit leichtem Bedauern.

Der Mann ging davon, ohne sich umzudrehen. Er lief sehr gerade, aber langsam. Bessie neben ihm humpelte etwas. Sie war wohl auch nicht mehr die Jüngste.

Der Rest des Tages verstrich nur langsam. Ohne große Begeisterung machte Eva etwas Tourismus. Ein paar Villen aus dem 19. Jahrhundert, riesig und reichlich verziert, an großzügigen Alleen, ein Park voller Blumen und mit großen, gepflegten Rasenflächen, ideales Spielgelände für ein paar Kleinkinder, die darauf herumtollten.

Ihre Wanderung endete am breiten, schlammigen Fluss, der gemächlich unter einer Brücke hindurchfloss. Der Mississippi. Das war für sie immer ein magischer Name gewesen. Mark Twain, der in seiner Jugend als Lotse auf einem Dampfschiff gearbeitet hatte, hatte ihn mit *Tom Sawyer* und *Huckleberry Finn* unsterblich gemacht. Sie erinnerte sich nicht genau an die Bücher. Von der Kindheitslektüre bewahrte sie nur den Eindruck einer vagen Verzauberung. Das Hochgefühl des Schuleschwänzens. Die Freiheit. Ein Leben mit nackten Füßen.

Sie lächelte. Das war ihr sehr exotisch vorgekommen. Sie hatte sich allerdings eher einen Fluss mit gefährlichen Launen vorgestellt als diesen majestätischen, nicht sehr romantischen Strom, der nur das eine Ziel zu verfolgen schien, seine bewegliche Last ins Meer zu ergießen.

Aber trotzdem konnte es Eva kaum glauben, dass sie unter der riesigen Brücke, auf der sie jetzt stand, den echten Fluss hindurchfließen sah und keine poetische Erfindung. Der Mississippi lag sozusagen zu ihren Füßen. Sie sah unauffällig nach links und nach rechts und vergewisserte sich, dass niemand sie beobachtete. Keine Fußgänger zu sehen. Hinter ihr strömten wie üblich die Autos, deren Fahrer mehr mit dem Verkehr und der Musik aus ihrem Radio beschäftigt waren als mit einer vierzigjährigen Europäerin, die in den Mississippi spuckte.

Eva sah ihre winzige Spur verschwinden, aufgenommen vom mächtigen Fluss. Sie freute sich, dass sie dort war, winzige, unsichtbare Zellen, von denen nur sie allein etwas wusste, die sie in diesem Land zurückließ, wenn sie in ein paar Tagen heimkehren würde. Sie hatte den Mississippi verändert.

Zufrieden kehrte sie in ihr Hotel zurück.

32

Nach einem üppigen Frühstück nahm Eva am nächsten Morgen wieder den Bus nach Graceland. Merkwürdigerweise war er diesmal ziemlich voll, aber sie hatte Glück und fand noch einen Platz.

»Nein«, sagte der dicke Schwarze, neben dem sie sich niedergelassen hatte. »Das wollte ich nicht sagen, Louisa. Leg mir nicht Sachen in den Mund, die ich nicht gesagt habe!«

Bei den letzten Worten wurde er lauter, um den Wortschwall zu übertönen, der aus seinem Handy drang. Während er sich die Vorhaltungen anhörte, holte er immer wieder ein weißes Taschentuch aus der Hose, um große Schweißtropfen abzuwischen, die sich in den wulstigen Stirnfalten bildeten.

»Das Einzige, was ich gesagt habe ...«, Aufbegehren gegen eine Flutwelle aus dem Handy. »... das Einzige, was ich gesagt habe ...« Diesmal hatte man ihn vielleicht gehört. Auf jeden Fall beschloss er fortzufahren. »... ist, dass beim letzten Mal, weißt du noch, bei dem Essen mit den Lenoirs«, er sprach den französischen Namen amerikanisch aus, »die Kartoffeln ein bisschen zu weich waren.«

Erneuter heftiger, wenn auch nur gedämpft hörbarer Protest.

»Nein, nein, das ist keine Kritik. Höchstens eine Feststellung. Eine Anregung, wenn du so willst. Es weiß doch jeder, wie sehr ich dein Essen liebe, Louisa.«

Jetzt klang seine Stimme flehend. Er begann wohl die möglichen Folgen seiner unbedachten kulinarischen Kritik zu ermessen. Louisas Rache drohte und das Urteil war unumstößlich: Beim nächsten Mal sollte er die Kartoffeln eben selbst kochen.

Als das Gespräch diese unvorteilhafte Wendung nahm, versuchte der dicke Mann die Situation wieder ins Lot zu bringen, indem er Louisa mit Worten liebkoste. Er senkte die Stimme, und Eva glaubte ihn etwas wie »*Oh, my sugar pie*« raunen zu hören, eine eher unglückliche Bezeichnung, wenn man bedachte, worüber die beiden gerade gestritten hatten. Louisa schien hart zu bleiben. Vielleicht hatte sie Lust auf eine andere Form der Satisfaktion.

Ein Bild blitzte in Evas Kopf auf. Sie sah eine dicke schwarze Frau nackt auf einem Bett liegen und mit beiden Händen ihre schweren Brüste liebkosen, während sie ihr feuchtes Geschlecht dem Mann neben Eva darbot. Dieser kitzelte sie mit der Zunge. Ermutigt vom Stöhnen der Frau, erkundete er jeden Winkel dieser gierigen Spalte, wurde allmählich schneller, eindringlicher, orientierte sich am heftigen Atem seiner Partnerin. Die Schweißperlen, die Eva auf seiner Stirn gesehen hatte, mischten sich mit den Lustsäften seiner Frau. Sie hechelte, bäumte sich auf, ihr Hintern bebte, Fleischberge in Bewegung. Sein aufgerichteter Penis schlug gegen die Beine seiner erregten Partnerin.

Eva spürte, dass sie rot wurde. Sie zwang sich, die Bilder zu verjagen, und sah aus dem Fenster, aber nichts konnte ihre Aufmerksamkeit wirklich ablenken. Sie war ziemlich verstört, denn die Szene, die sie vor sich gesehen hatte, hatte sie selbst erregt. Bisher hatte sie die Sexualität ihrer Mitmenschen eher abgestoßen. Und sie hatte sich immer davor gehütet, sie sich vorzustellen.

Der Mann beendete das Gespräch und stand auf. Eva machte sich klein, um ihn vorbeizulassen, während sie weiter hinausstarrte. Sie hatte Angst, wieder rot zu werden. Als er ausgestiegen war, seufzte sie erleichtert auf. Vielleicht war es doch nicht so klug, unbedingt mit öffentlichen Verkehrsmitteln zu fahren.

Als sie endlich an der Haltestelle ankam, die sie jetzt schon gut kannte, erspähte sie ihren Gesprächspartner sofort. Er saß auf derselben Bank wie am Vortag. Er sah sie nicht kommen, denn er spielte mit seinem Hund.

Eva setzte sich ans andere Ende der Bank. Sie hätte nicht sagen können, warum sie eigentlich gekommen war. Irgendetwas Unvollendetes in ihrem Gespräch vielleicht.

»Sie sind wieder da?«, fragte der Mann, nachdem er einen kurzen Blick in ihre Richtung geworfen hatte. Seine Stimme ließ erkennen, dass es mehr eine Feststellung als eine Frage war. Wenn er sich wunderte, versteckte er es gut.

»Ich kam zufällig vorbei«, schwindelte sie.

Er nickte, ohne sie anzusehen. »Sie wollen nicht Graceland besichtigen?«

»Das habe ich schon vor ein paar Tagen gemacht.«

Wieder nickte er. »Es ist doch fantastisch, oder?« Die Frage war rein rhetorisch, aber Eva beschloss, trotzdem darauf zu antworten.

»Ehrlich gesagt, war ich etwas enttäuscht.«

»Ach ja?« Er drehte den Kopf und sah sie zum ersten Mal richtig an. Er schien aufrichtig betrübt. »So viele Menschen kommen her. Das Grundstück wird niemals leer. Sogar Berühmtheiten stehen Schlange. Manchmal organisieren sie Sonderbesuche außerhalb der Öffnungszeiten«, sagte er in eindringlichem Ton, als wäre Enttäuschung undenkbar.

»Ich habe es für meine Mutter getan. Irgendwie um mich zu verabschieden, verstehen Sie?«

»Viele von ihnen spenden sogar Blut zum Zeichen der Dankbarkeit«, fuhr er fort, als hätte er sie nicht gehört. »Man fordert die Fans zu dieser großzügigen Geste auf. Das ist absolut im Geiste des King.«

Eva musste lachen. »Ach ja? Dieses Detail ist mir bei meinem Besuch entgangen. Ich war vermutlich noch zu müde wegen des Jetlags. Aber ich muss zugeben, es ist eine witzige Idee.«

»Elvis hätte diese Initiative nicht nur gutgeheißen, sondern auch unterstützt«, ergänzte der Mann würdevoll.

»Mag sein«, gab sie zu. »Aber ich sehe eigentlich keinen Zusammenhang zwischen Musik und Blutspende. Graceland ist in meinen Augen vor allem ein kommerzielles Unternehmen, das ein Vermögen einbringen muss.«

»Die Einnahmen gehen zum Teil an karitative Einrichtungen«, meinte er ernst, als hätte er persönlich mit der Bewirtschaftung dieses Objekts zu tun. »Und Graceland gibt vielen Menschen Arbeit.«

Seine Hände, die eben noch die wichtigsten Punkte seines Plädoyers lebhaft unterstrichen hatten, lagen jetzt reglos auf seinen Knien. Eva fielen die beiden großen Ringe auf.

»Wollen Sie sagen, dass es keinen Unterschied macht, ob Elvis lebt oder tot ist? Oder dass er ein Arbeitgeber aus dem Jenseits ist?«

»Das ist die Wahrheit. Der Einzige, für den es einen ziemlichen Unterschied macht, ist er selbst«, antwortete er und lächelte zum ersten Mal. »Und vielleicht seine Familie«, fügte er nachdenklich hinzu. Er beugte sich vor und hob einen kleinen Zweig auf, mit dem er geometrische Figuren in den Sand zeichnete. Er schien auf einmal ganz in diese Beschäftigung vertieft. »Elvis wollte unbedingt zu Geld kommen, es zu etwas bringen. Eine der ersten Sachen, die er gekauft hat, als er anfing, ordentlich zu verdienen, war ein rosa Cadillac. Stellen Sie sich das vor, ein Kindheitstraum. Und dann ein Haus für seine Eltern und sich.« Er wies auf Graceland. »Um bei der nächsten Schicksalswendung geschützt zu sein.«

Er verstummte und fügte seiner Zeichnung ein Rechteck hinzu, womit er das Haus vervollständigte. Dann deutete er noch den Schornstein an. »Er hat unendlich viele Dollars eingebracht, und er tut es bis heute. Die ganze Stadt profitiert davon«, fuhr er fort und lehnte sich zurück.

»Der amerikanische Traum«, kommentierte Eva.

»Ganz genau.«

»Aber er hat nicht gut für ihn geendet.«

»Doch, natürlich, das versuche ich Ihnen ja die ganze Zeit zu erklären.«

»Er hatte einen traurigen und demütigenden Tod.«

»Das Leben des King ist hinter sein Bild zurückgetreten. Warum stellen ihn wohl alle in seinem weißen Anzug dar, über den sie sich lustig machen? Musikalisch war das nicht seine beste Zeit, da sind sich alle einig, er selbst eingeschlossen. Also ging es schon nicht mehr um die Musik.«

Eva nickte zustimmend.

»Zum Ende hin sahen die Fans überhaupt nicht mehr ihn, sondern etwas anderes, ein Wunderwesen, das ihnen half zu leben und für das sie heute ihr Blut geben. Elvis Aron Presley, Sohn von Gladys und Vernon, war schon seit längerer Zeit verschwunden. Seine Stimme übrigens auch. Hören Sie das?«

Das war plötzlich eine richtige Frage. Er sah sie an. Eva war etwas verwirrt, als müsse sie ohne Vorwarnung eine Prüfungsfrage beantworten.

»Ich bin keine Musikerin«, sagte sie vorsichtig.

»Hören Sie es oder nicht?«, fragte der Mann beinah streng, ganz anders, als er bisher gesprochen hatte.

»Ja«, bestätigte Eva.

»Gut.« In seiner Stimme lag Erleichterung. »Wenn Sie einmal von der Musik gekostet haben, verfolgt sie Sie Ihr Leben lang, ist immer da. Sie ist eine anspruchsvolle Geliebte, die schönste und die anspruchsvollste. Daneben verblasst alles andere. Alles andere.«

Die Wiederholung hatte er nur noch geflüstert. Er sprach nicht mehr zu ihr.

Bessie zeigte Anzeichen von Ungeduld. Sie stand auf, drehte eine Runde, setzte sich wieder und starrte ihr Herrchen an.

»Ich gehöre mir nicht mehr selbst«, sagte der Mann mit entschuldigendem Lächeln und wies mit dem Kinn auf den Hund. Er stand auf, den Rücken mit einer Hand stützend. »Eigentlich habe ich mir nie gehört. Menschen, die sich selbst gehören, sind einsame Menschen. Schönen Tag.«

Wie am Vortag ging er davon, ohne sich umzudrehen.

Eva blieb noch sitzen und sah sich die Passanten an.

Ein alter schwarzer Mann in blauem Overall überquerte mit einer Harke in der Hand langsam den Boulevard. Er blieb auf dem Bürgersteig stehen und drehte den Kopf hin und her, als suche er etwas. Dann sagte er etwas zu sich selbst und machte kehrt. Ehe er aus Evas Sichtfeld verschwand, ging er durch das mit Musiknoten und der Silhouette des King verzierte Tor, vorbei an den Besuchern, als würde er sie nicht sehen.

Eva stand ebenfalls auf und ging zur Bushaltestelle, um zum Hotel zurückzufahren. Die Warteschlange vor dem Eingangstor von Graceland war jetzt sehr lang. Der Menschenstrom floss langsam.

33

Nachdem Eva am Abend eine Weile gezögert hatte, ging sie doch ins *Blues Café*, um Frédéric spielen zu hören. Als sie gegen zehn dort ankam, war die Bar bereits gut gefüllt. Sie hatte Glück und fand noch einen kleinen Tisch in einer Ecke. Sie schob sich auf die schmale Bank und lehnte sich an die Wand aus dunklem Holz, die sie von ihren Nachbarn, lustige Vögel mit Baseballcaps, trennte.

Eine junge, adrette Kellnerin, die ihre kleine weiße Schürze wie eine Standarte vor sich her trug, kam zu Eva, um ihre Bestellung aufzunehmen. Mit ihrer Stupsnase und dem Schmollmund war sie so fotogen wie alle jungen Mädchen auf den Werbeplakaten seit den Anfängen der Reklame. Ihr Puppengesicht wurde von blonden Locken eingerahmt, die sie offensichtlich dem Einsatz vieler Lockenwickler verdankte.

Eva stellte sich fasziniert vor, wie sie wohl schlief: die zahlreichen Rollen unter einem Tuch versteckt, und bei jeder Bewegung pikten die kleinen Dornen sie in den Kopf. Die ondulierte Mähne zu den Scherzen der Männer schütteln zu können war wichtiger als ihr Bedürfnis nach Bequemlichkeit. Dieses Café war ihr Theater, in dem sie jeden Abend auf die Bühne trat, vielleicht auf ein zahlreicheres Publikum hoffend, auf eine brillante Karriere, die ihr ein Besucher eines Tages anbieten würde. Irgendjemand, der sie bemerken würde, sie und ihre schöne Mähne, ihre grünen Augen und ihren Schmollmund, die sie wie die Elemente einer Partitur einsetzte, von der sie glaubte, sie sei extra für sie geschrieben. Aber es war die bis ins kleinste Detail orchestrierte Partitur jeder weiblichen Verführung, einstudierte und millionenfach wiederholte Posen. Sie war jung, sie hatte *Das andere Geschlecht* nicht gelesen, sie würde es niemals lesen, und das war auch besser so. Welche Enttäuschung für diejenige, die sich für einzigartig, unbefangen, frei hält und feststellen muss, dass sie programmiert ist, dachte Eva, während sie einen Cocktail bestellte.

Vielleicht würde sie Miss Memphis oder sogar Miss Tennessee werden, oder es war schon zu spät und ihre Stunde des Ruhms verstrichen, ohne dass sie es bemerkt hatte, ganz unauffällig, zwischen letztem und diesem Sommer, zwischen Klapsen auf den Hintern und den Vorhaltungen einer besorgten Mutter in der Schwüle der Nacht.

Traurigkeit überfiel Eva. Sie leerte ihren ersten Margherita, der traditionell mit einem hübschen Sonnenschirmchen in glänzenden Farben verziert war.

Als die Gruppe auf die Bühne kam, war Eva schon beim zweiten Glas, und ihr Aschenbecher quoll über. Das vor allem aus Touristen bestehende Publikum begrüßte die Musiker mit zögerndem Beifall. Die echten Aficionados waren nicht hier.

Frédéric war der einzige Weiße neben drei Schwarzen, und nach seiner stolzen Miene zu urteilen, empfand er allein diese Tatsache als Auszeichnung. Eva musste lächeln, als er seine Elektrogitarre wie ein Zepter schwenkte. Er kam ihr vor wie ein glücklicher Junge, der durch sein besonders geschicktes Spiel ein Dutzend Murmeln gewonnen hatte. Sie war die Einzige, der das auffiel. Die anderen Gäste interessierten sich nicht weiter für die Band, die sich auf ihren Auftritt vorbereitete. Sie steckten die Köpfe über den riesigen Cocktailgläsern mit bunten Flüssigkeiten zusammen und setzten ihre lautstarken Gespräche auch noch fort, als die ersten Akkorde erklangen.

Die Gruppe spielte einen modernen, schwungvollen Blues mit Soli der einzelnen Instrumente.

Während ihrer Beziehung mit Michel war Eva in die Pariser Jazzclubs gegangen, von denen es viele nicht mehr gab: *La Villa*, *Les Alligators*. Den mochte sie besonders gern, er war groß und im Stil der fünfziger Jahre dekoriert, ganz in der Nähe von Montparnasse. Eva dachte an das herzzerreißende Saxophon, lange, klagende Noten, die diskret, ohne Worte ihre Geschichte zu erzählen schienen. Und an den Zigarettenrauch, der die Luft vernebelte und von Lied zu Lied dichter wurde.

Niemand wäre auf die Idee gekommen, mit anklagendem Finger auf das Verbotsschild zu weisen oder den Erstickenden zu mimen. Die Musiker rauchten beim Spielen, beim Singen. Wenn man mit ihnen über künftige Gesundheitsprobleme hätte sprechen wollen, hätten sie lachend erwidert, dass man wohl oder übel an irgendwas stirbt. Was hat man davon, Zwieback knabbernd hundert Jahre alt zu werden?, hätten sie gefragt und ihre Instrumente eingepackt. Eine andere Art zu leben, eine andere Art zu sterben. Auf jeden Fall eine ganz persönliche Angelegenheit, die nur einen selbst etwas anging und in die sich die Autoritäten nicht einmischten.

Vielleicht waren manche Clubs gerade wegen der ersten

Verbotsschilder, Raucherzonen und zerknirschten Gesichter aus der Mode gekommen. Warum auch immer, das Publikum blieb aus, und die Eigentümer konnten ihre Kosten nicht mehr decken. *Les Alligators* hatte zugemacht, andere folgten.

Jetzt war es so weit: Eva fing an, zu einer vergangenen Epoche zu gehören. Ein Fuß in der Leere, der andere auf einer Bananenschale. Sie hatte noch die Berliner Mauer erlebt, die langen Warteschlangen an der innerdeutschen Grenze, die Angst, die einen packte, wenn man von den Soldaten ins Visier genommen wurde, sie hatte *Les Alligators* in Paris gekannt und die Jahre, wo die Menschen ganz selbstverständlich im Fernsehen rauchten. Sie war auf dem besten Weg, eine Zeitzeugin zu werden. Bald würde sie ein Fossil sein.

Am Ende des Wegs, der kurz oder lang, ruhmreich oder erbärmlich sein würde, wartete die Grube. Und je näher sie ihr kam, desto weniger würde man sich um sie kümmern. Die natürliche Kurve zeigt nie nach oben.

Diese Feststellung verlangte sofort nach dem Beistand eines weiteren Margherita. Sie winkte der Kellnerin.

Während sie wartete, sah sie sich die Band genauer an. Frédérics Finger glitten schnell und präzise über den Gitarrensteg. Er ließ sein Instrument singen. Manchmal schaute er ins Publikum, aber er sah es nicht. Er sah niemanden. Er ging ganz im Rhythmus auf, kommunizierte auf geheimnisvolle Weise mit seinen Mitspielern. Im Takt und Gegentakt, aus dem Bauch heraus, ohne mitzuzählen, natürlicher Fluss, in dem Basslinien, Melodie und Riffs verschmolzen, Frage, Antwort, Auflösung. Hier und da ein Blick, dann, nach einer schwierigen Passage, ein Lächeln. Gemeinsamer Blick in dieselbe Richtung. Man musste das Stück swingen lassen.

Alles andere war unwichtig. Ob der Wind blies oder ob es regnete, ob Geld floss oder nicht, in Strömen oder centweise. Man musste das Stück swingen lassen.

Eva beneidete ihn.

34

Vom *Blues Café* hatte Frédéric sie in einen höchst pittoresken Vorortclub geführt, gleichzeitig Garage, einstige illegale Schnapsbrennerei und Kneipe. Irgendwo im Niemandsland, neben einem handgemalten Plakat, das die Wohltaten des Lebens mit Jesus rühmte, hätte Eva ihn allein niemals gefunden. Die Gäste waren überwiegend Schwarze und zu dieser späten Stunde schon ziemlich beschwipst. Aber wahrscheinlich nicht mehr als Eva selbst.

Dort stand ein Haufen Instrumente rum, und die Gäste spielten abwechselnd. Gitarre und Harmonika, Schlagzeug und Bass, heisere Stimmen, hohe Stimmen, Männer und Frauen jeden Alters. Es roch nach Schweiß, Bier, Schnaps, angebranntem Fett, Joints und Zigaretten.

Am Anfang hatte sich Eva um ein Gespräch bemüht, aber sie hatte bald genug davon, sich vergeblich die Kehle aus dem Leib zu schreien. Die Leute waren nicht hier, um sich zu unterhalten, und ihr Englisch wurde immer schlechter, je höher der Alkoholpegel in ihrem Blut stieg.

Sie erinnerte sich, dass sie Fred gegen drei Uhr, als sie aufhörte, ihn bei seinem offiziellen Vornamen zu nennen, offenbart hatte, dass sie sich nur zwei Daten merken konnte, nämlich den 8. Januar 1935 und den 16. August 1977, mit anderen Worten Elvis' Geburts- und Todestag. »Das ist doch bescheuert oder?«, hatte sie kichernd gefragt. »Wenn ich mich ganz doll konzentriere, fällt mir vielleicht noch ein, dass Goethe, für seine Nächsten Johann Wolfgang, seines Zeichens Aristokrat, 1749 geboren und 1832 gestorben ist. Bezüglich anderer Männer und Frauen, die für ihre Schriften, Heldentaten oder sonstige Verdienste in die Annalen eingegangen sind, muss ich die Fachliteratur konsultieren.«

Da war ihr Blut schon ziemlich verdünnt.

Fred hatte ihr geantwortet, dass sie in diesem Fall gut daran getan habe, nach Memphis zu kommen. Um die Bedeutung seiner Worte zu unterstreichen, hatte er gravitätisch mit dem Kopf genickt. Eva hatte gelacht. Albern, grundlos. Sie schwebte in einem Raum ohne Alter und ohne Schmerz, getragen von einem Körper, der kaum noch einer war. Eher eine weiche Hülle mit der Konsistenz eines Marshmallows.

Später hatten sie miteinander geschlafen. Freundlich, wie zwei betrunkene Kumpel, zitternd und bebend. Wankend und schwankend. Unkontrollierte Bewegungen, nicht ohne Poesie. Zwei Kinder, die erwachsen spielen. Ohne wirklich daran zu glauben. Nur um zu sehen, wie es sich anfühlt. Das Präservativ war widerspenstig, als würde es auch nicht wirklich daran glauben. Sie hatten den Akt zu Ende gebracht, hin- und her gerissen zwischen Heiterkeit und Lust, halb aus Pflichtbewusstsein, um nicht auf halbem Weg stehenzubleiben. Um sich gegenseitig zu beweisen, dass es ihnen wichtig war. Aber sie hätten genauso gut darauf verzichten können.

Am Morgen war Fred sehr früh gegangen. Er war mit Freunden in der Umgebung verabredet. Sie hatten ihre Telefonnummern auf einen zerrissenen, fleckigen Briefumschlag gekritzelt und sich versprochen, in Paris zu telefonieren, von einem zitternden Elvis zum anderen.

Eva dachte an die Ereignisse der Nacht, während sie in ihrem Kulturbeutel verzweifelt ein Alka-Seltzer suchte. Schließlich fand sie ein Aspirin, das sie in ihrem Zahnputzglas auflöste, während sie Badewasser einlaufen ließ.

Trotz leichter Halsschmerzen war sie froh, eine letzte Zigarette in der Schachtel zu finden. Sie rauchte sie in der Wanne und versuchte sich daran zu erinnern, was ihr Fred über den Blues und die ersten Sänger aus dem Mississippidelta erzählt hatte. Robert Johnson, Memphis Minnie, Blind Lemon Jefferson, Memphis Slim, Howlin' Wolf und später Muddy Waters, Lightnin' Hopkins und B. B. King.

35

»Sagen Sie ehrlich, finden Sie Elvis einen blöden Namen?«, fragte der Mann mit der dunklen Brille, nachdem er sie kurz begrüßt hatte.

Eva war sprachlos. So hatte sie das noch nie betrachtet. Elvis war kein Vorname mehr, sondern ein Monument der Popkultur, der Kultur überhaupt. Es war, als würde plötzlich jemand verkünden, Trocadero sei eine lächerliche Bezeichnung oder man hätte auch einen besseren Namen als Shanghai für die chinesische Metropole finden können. Die Frage stellte sich einfach nicht.

Sie teilte ihm mit, was ihr durch den Kopf ging, aber er schien nicht überzeugt.

»Schön, aber würden Sie Ihren Sohn Elvis nennen?«, insistierte er.

»Nein, aber ich würde meine Tochter auch nicht Marilyn nennen. Das ist eine ganz schöne Last für ein Kind, finden Sie nicht?«

Der Mann lächelte halbwegs beruhigt. »Wie heißen Sie?«, fragte er.

»Eva«, antwortete sie, ohne nachzudenken.

Der Mann lachte schallend, seine Zähne blitzten. »Und das finden Sie leichter?«, brachte er nach einer Weile hervor.

Eva wurde bewusst, was sie gerade gesagt hatte. Sie ließ sich von seinem Lachen anstecken.

»Trotzdem«, sagte er wieder düster, »Elvis ist vielleicht wirklich ein blöder Name.«

Eva wusste nicht, wer ihn auf diesen Gedanken gebracht hatte und warum es ihn so bekümmerte. Vielleicht hatte er am Vorabend ein weiteres Buch über den King gelesen. Da er alle Veröffentlichungen zu kennen schien, die den Star direkt oder indirekt betrafen, war das gut möglich.

»Und Sie, wie heißen Sie?«, fragte sie.

Der Mann hob den Kopf und starrte sie plötzlich merkwürdig, geradezu fassungslos an, als hätte sie etwas sehr Wichtiges übersehen, wie er erst jetzt feststellte. Sie fühlte sich unbehaglich.

»Misery«, antwortete er nach kurzem Zögern mit einem halben Lächeln.

»Misery?«, wiederholte sie ungläubig. »Das ist nun wirklich albern!«

Der Satz war ihr entschlüpft. Sie bereute ihn sofort und sah ihn erschreckt an, als rechnete sie mit einer Strafe, aber er reagierte gar nicht darauf.

»So nennen mich meine Freunde«, erklärte er.

Sie dachte, dass es auf jeden Fall ein viel blöderer Name als Elvis war, den ihm seine Freunde da verpasst hatten. Freunden sollte man grundsätzlich misstrauen.

Es hatte offenbar keinen Sinn, nachzufragen. Wenn er seine wahre Identität nicht preisgeben wollte, war das seine Sache. Seit ihrer ersten Begegnung gab er sich irgendwie geheimnisvoll. Die dunkle Brille, die er nie absetzte, das ausgeprägte Interesse für alles, was sich auf der anderen Seite des Boulevards abspielte, und jetzt dieser Spitzname, der direkt aus einem billigen Krimi zu stammen schien.

Unter normalen Umständen hätte sie das alles ziemlich

geärgert. Leute, die sich um jeden Preis interessant machen wollen, Angeber, Wichtigtuer, exzentrische Selbstdarsteller waren nicht ihr Geschmack. Sie fand sie eher ermüdend als faszinierend. Ja geradezu abstoßend.

Aber an diesem Mann war etwas, was ihre Neugier entfachte.

»Heute sind weniger Leute da«, bemerkte sie, um etwas zu sagen.

Erneut der erstaunte, geradezu vorwurfsvolle Blick des Eingeweihten, der erkennt, dass sein Gegenüber nicht folgen kann. »Gestern war doch der große Abend im *Heartbreak Hotel* mit einigen hervorragenden Imitatoren. Wahrscheinlich kommen die Fans heute nicht so früh aus dem Bett.« Kurzes Lachen.

Eva lächelte höflich.

»Waren Sie nicht da? Schade. Dabei hingen doch überall Plakate. Wie konnten Sie das verpassen?«

Sie spürte sein ehrliches Bedauern. »Ich mag nur das Original«, erklärte sie eilig. »Außerdem hatte ich vor ein paar Tagen ein nicht sehr erfreuliches Erlebnis mit zwei Imitatoren.«

Um ihn abzulenken, erzählte sie von ihrem Missgeschick am ersten Abend. Er amüsierte sich köstlich.

»War Ihre Mutter auch so lustig?«, fragte er plötzlich.

»Nein«, antwortete Eva ernst. »Das kann man nicht sagen. Sie war herzensgut. Sie war großzügig und lieb, aber nicht furchtbar lustig.«

»Fehlt sie Ihnen?«

»Ja«, sagte Eva nur und starrte vor sich hin.

Misery nickte verständnisinnig. »Meine fehlt mir immer noch, dabei ist sie schon fast fünfzig Jahre tot«, sagte er nach kurzem Schweigen.

Die Vorstellung, dass dieser alte Mann mit hängenden Wangen und grauem Haar, der sicher schon über siebzig war, noch um seine Mutter trauerte, war ebenso komisch wie tragisch.

Eva unterdrückte ein Lächeln. »Gestern habe ich Musik in einer Bar irgendwo am Stadtrand gehört ... *Stevie's* oder so. Ein Freund hat mich hingeführt.«

Er sah sie aufmerksam an. »Dort spielen sie gut.«

Eva war überrascht. Sie sah den alten Mann beim besten Willen nicht nachts durch ein vorwiegend von Schwarzen bewohntes Viertel weitab vom Zentrum irren und einen Bluesclub suchen.

»Spielen Sie ein Instrument?«, fragte sie.

Erneut warf er ihr einen schrägen Blick zu, als fürchte er, sie wolle ihn auf den Arm nehmen. Sein Mundwinkel zitterte kaum merklich. »Gitarre, ein bisschen Bass, wie alle hier.«

Ein Spatz näherte sich vorsichtig der Bank, auf der sie saßen, er hatte es auf ein paar Brotkrümel zu ihren Füßen abgesehen.

»Und woher kommen Sie?«, fragte Misery.

»Das ist ziemlich kompliziert. Aus Europa, aus Frankreich, aus Paris. Aber ich bin in Deutschland geboren, in Frankfurt.«

Er sah ihr in die Augen. »Frankfurt? Da gab es mal eine Bar, *Bei Tony*, in der Nähe vom Stadttheater. Wir waren oft dort. Ich erinnere mich an einen denkwürdigen Abend in der Karnevalszeit. Alle waren natürlich verkleidet. Es wurde getanzt. Und viel getrunken. Irgendwann gegen eins hat jemand die Tür eingetreten, weil Tony niemanden mehr reinlassen wollte. Das war vielleicht ein Krawall!«

Er lachte. Sie sah ihn erstaunt an.

»Wir haben uns gut amüsiert. Heute gibt es den Club sicher nicht mehr«, vermutete er.

»Als ich jung war, gab es ihn noch. Die Bar hat erst nach Tonys Tod geschlossen. Ich war ein paarmal dort. Wie kommt es, dass Sie Frankfurt kennen?«

»Ich habe in der Nähe meinen Militärdienst gemacht. Dort waren viele von uns stationiert.«

Der alte Mann mit dem blauen Overall, den Eva schon zwei Tage zuvor gesehen hatte, kam aus dem Tor von Graceland und überquerte den Boulevard. Er schaute verstohlen zu ihnen und schien zu zögern. Eva sah, dass ihm Misery ein Zeichen gab. Er kam zu ihnen. Bessie hob aufgeregt den Kopf.

»Wie geht's, Mis?«, fragte er, als er vor ihnen stand. Er ignorierte Eva und beugte sich vor, um Bessie zu streicheln. *»Hi, old girl.«*

Bessie drückte die Schnauze in seine Hand, um seine Liebkosung zu erwidern und ihn zum Weitermachen zu ermuntern.

»Sind die Rosen gut angegangen?«, fragte der Mann, der sich Misery nannte.

»Die Virginia kommt gut. Bei den anderen ist es noch nicht klar. Sie sind empfindlicher.«

»Pass auf wegen der Hitze, ja? Schön viel Wasser. Zweimal täglich, wenn es nötig ist.«

»Das ist eine Wahnsinnsarbeit«, knurrte der Schwarze.

»Ich weiß, Jimmy.« Er gab ihm eine Plastiktüte, die neben ihm stand. »Ich habe dir von den Erdbeeren mitgebracht, die dir so gut schmecken.«

Der Alte nahm die Tüte mit einem Nicken entgegen.

»Das waren die letzten«, erklärte Misery, vielleicht um

den Wert seines Geschenks hervorzuheben. »Jetzt ist die Saison vorbei.«

Der Alte streichelte weiter den Hund.

»Wie geht's Georgie?«, fragte Misery nach einer Pause, die Eva sehr lang vorkam.

»Besser. Heut Morgen hat er gegessen. Gutes Zeichen. Der Doc hat ein Wunder vollbracht. Letzte Woche dachte ich wirklich, deine Bessie verliert ihren Sohn. Mach dir keine Sorgen mehr, meine Schöne«, sagte er direkt an die Hündin gewandt.

Sie wedelte mit dem Schwanz, als würde sie genau verstehen, worüber die beiden Männer sprachen.

Eva hatte das Gefühl, eine Vertrautheit zu stören, aus der sie vollkommen ausgeschlossen war. Sie steckte ihre Zigaretten ein.

»Ganz vergessen«, rief Misery. »Eva. Eine Deutsche im Urlaub. Sie hat vor kurzem ihre Mutter verloren«, fügte er noch hinzu.

Der Alte sah sie zum ersten Mal direkt an, wie ein Arzt, ohne Umschweife und ohne Scham, als wollte er ihre Seele röntgen. Dann wandte er sich wieder Misery zu, ohne ihr die Hand zu geben. »Das solltest du nicht tun, Mis.«

»Was ist denn schlimm daran?«, verteidigte sich Misery etwas unbehaglich.

Der Mann zuckte mit den Schultern und ging zur Gracelandvilla zurück, ohne sich zu verabschieden. Sogar sein Rücken schien wütend.

»Ich werde dann auch mal gehen«, sagte Misery und zog an Bessies Leine, damit sie aufstand. Mit einem kurzen »*Bye*« wandte er sich um und ging so schnell, wie seine Beine ihn trugen, davon. Eva blieb allein auf ihrer Bank.

Als sie zwei Stunden später durch die Drehtür des *Peabody* trat, sah sie Madame Dufour-Guérin, die von der anderen Seite drückte. Die Französin, die sie auch erkannt hatte, winkte ihr herzlich zu. Anstatt wie geplant draußen aus dem Karussell auszusteigen, setzte sie die Runde fort, bis sie an ihrem Ausgangspunkt im Foyer direkt hinter Eva ankam.

»Wie läuft es mit Ihrer Ausstellung?«, erkundigte sich Eva etwas vage, da sie sich nicht mehr an das Eröffnungsdatum erinnerte.

»Ich glaube, wir sind fertig«, antwortete die Dame aufgekratzt. »Nachher werde ich eine Einladung auf Ihren Namen an der Rezeption hinterlegen. Wenn Sie können, kommen Sie doch etwas früher. Es könnte voll werden. Das ist ein großes Ereignis, wissen Sie.«

Sie war vor Aufregung ganz aus dem Häuschen. Eva dankte ihr eilig und verabschiedete sich unter dem Vorwand schrecklicher Kopfschmerzen.

36

Der Nachmittag floss so langsam dahin wie der Mississippi an einem windstillen Tag. Draußen war es heiß. Eine klebrige, stickige Hitze. Drinnen brummte die Klimaanlage und kühlte die Luft so übertrieben, wie es diesen Geräten eigen ist. Eva zögerte. Wenn sie sie abschaltete, würde sie ersticken. Wenn sie sie weiterlaufen ließ, würde sie sich eine Sommergrippe holen. Eine dritte Möglichkeit gab es nicht. Um vierzehn Uhr schaltete sie sie aus. Um sechzehn Uhr schaltete sie sie wieder ein. Um sechzehn Uhr dreißig nahm sie ihre Tasche und ging.

Nachdem sie eine Weile durch die staubigen Straßen des Zentrums geirrt war, fand sie Zuflucht in einem Café, dessen Dekor und Hintergrundmusik ausschließlich dem King gewidmet waren.

Der Besitzer war ein Weißer, picobello gekleidet, stämmig und muskulös. Er putzte weiter seine Gläser hinter der Bar und grüßte Eva mit einem Kopfnicken.

Er hatte vor allem Fotos des Sängers von seinem legendären Comeback-Konzert 1968 aufgehängt. Ein reifer Elvis, dreiunddreißig, von Kopf bis Fuß in schwarzem Leder, rabenschwarzes Haar, gebändigte Koteletten, das strahlende Lächeln etwas schief, saß auf einer improvisierten Bühne, um ihn seine ewigen Begleiter: D. J. Fontana, Scotty Moore und Charlie Hodge. Die Musik auf ihre einfachste

Form reduziert, die Gitarren von Moore und Elvis, D. J. Fontana, der mit Stöcken auf einem Gitarrenkoffer trommelte.

Ehe sie sich an einen kleinen Tisch setzte, blieb Eva vor den Fotos stehen. Er war schön, er war begehrenswert. Der Höhepunkt, genau vor dem Niedergang. Zehn Jahre schlechte Filme lagen hinter ihm, Medikamente immer in Griffweite. Ein flüchtiges, königliches Aufbäumen.

Ladies and gentlemen, here comes the king.

Er wirkte schüchtern, sogar etwas unbeholfen, ein weicher Mann mit harter Schale und einer Stimme, der keine andere beikommen würde.

Die wenigen Gäste des Cafés lebten ihre nostalgische Schwärmerei mit Leib und Seele aus. Hier eine angedeutete Haartolle, etwas wacklig ohne Gel, da ein Gürtel mit breiter Schnalle, eine mit Ketten verzierte Motorradjacke, dazu passende modernere Sachen. Sie erzählten von der Zeit, die über etwas hinweggegangen war, das dennoch ihr Credo blieb. Lebendige Erinnerung an eine Freiheit, die sich nicht auf Eskapaden am Samstagabend reduzieren ließ.

An der Decke drehte sich behäbig ein großer Ventilator. Ein Mann kam herein. Er trug einen Stetson, Jeans und ein schwarzes Hemd, das über seinem Bauch ziemlich spannte. Er lehnte sich an die Bar, bestellte ein Bier und sah sich um, als halte er nach Bekannten Ausschau. Er strahlte das ruhige Schwergewicht eines Ordnungshüters aus.

An dieser Haltung erkannte ihn Eva sofort. Es war einer der Polizisten, der ihr auf dem Revier bei ihrem Abenteuer mit den Doppelgängern aufgefallen war. Sie machte sich klein, stellte jedoch bald fest, dass die Vorsichtsmaßnahme unnötig war. Der Blick des Mannes glitt gleichgültig über sie hinweg. Während er erwartungsvoll zur Tür starrte, spielte er mit seinen Autoschlüsseln.

Kurz darauf kam in einer Wolke heißer Luft eine junge blonde Frau herein.
Treat me like a fool.
Elvis sang, als schliefe er mit einer Frau.
Treat me mean and cruel
But love me.
Der Sound, der dir Schauer über den Rücken treibt. Der Mann mit dem größten Sex-Appeal der Welt.

Wegen ihm war Lena 1959 nach Bad Nauheim gefahren, vielleicht in der heimlichen Hoffnung, auserwählt zu werden. Für einen Abend. Für immer. Eva nahm sich vor, das Autogramm zu suchen. Oder herauszufinden, weshalb Lena es nicht bekommen hatte. Das war wichtig.

Die Gestalt der Blonden schwankte zwischen drall und prall, in jenem Stadium, da die Jugend noch den Unterschied macht. Sie hatte ihren fülligen Körper in enge rosa Hosen gezwängt. Wie ihr das gelungen war, würde für immer ihr Geheimnis bleiben. Ihre Augen waren hinter einer großen Sonnenbrille versteckt, aber Eva stellte sie sich voller Staunen vor. Als sie ihren großen Draufgänger erblickte, strahlte sie. Sie warf sich in die Arme des Polizisten und küsste ihn voller Leidenschaft.

Eva meinte zu hören, dass sie ihn zärtlich Billyboy nannte, war sich aber nicht sicher. Sie lächelte und entspannte sich endgültig auf ihrem Stuhl.

Dann wurde ihre Aufmerksamkeit von einer Gruppe Jugendlicher auf der Straße angezogen, die sich mit Limonadenbüchsen in der Hand verfolgten und nass spritzten. Zwei Mädchen, die nicht zu der Gruppe gehörten, versuchten sich in Sicherheit zu bringen, um der klebrigen Dusche zu entgehen.

Eine alte Dame schimpfte. Ihr Pinscher gab ihr mit wildem Bellen recht.

If you're looking for trouble

Bam bam bam bam bam, fünf Schläge auf die große Trommel

You came to the right place ...

Ein neuer Song hatte begonnen. Das Pärchen wollte aufbrechen. Der Mann rief den Wirt, der sich gerade mit zwei jungen Leuten unterhielt, die ihre in Hüllen steckenden Gitarren gegen Stühle gelehnt hatten. Er beendete einen Satz mit lautem Lachen.

Because I'm evil
My middle name is Misery ...

Plötzlich war Evas Aufmerksamkeit geweckt. Sie versuchte genau hinzuhören, aber erneutes schallendes Lachen hinderte sie daran.

I've never looked for trouble
But I've never ran
I don't take no orders
From no kind of man.

Hatte sie richtig gehört? Die Nebengeräusche, die fremde Sprache – genug Gründe, sich zu irren, ein Wort falsch zu verstehen. Aber trotzdem war sie sich fast sicher. Sie musste Klarheit haben.

Deshalb stand sie auf und ging zur Bar.

»Entschuldigung«, sagte sie, »könnten Sie das letzte Lied bitte noch mal spielen? Ich muss etwas überprüfen. Es ist wichtig für mich.«

Der Wirt war nicht weiter erstaunt. Er lächelte und ging zum vorigen Lied zurück.

Die anderen Gäste unterbrachen ihre Gespräche und sahen auf. Eva merkte es kaum, so sehr konzentrierte sie sich auf den Text.

I was born standig up
Bam bam bam bam bam
And talking back ...

Sie verstand nicht jedes Wort, aber eins war sicher: Elvis sang wirklich: *My middle name is Misery.*

37

Als Eva im Taxi zum Hotel zurückfuhr, war sie wie betäubt. Sie wusste nicht, ob sie lachen oder wütend sein sollte.

In ihrem Zimmer setzte sie sich aufs Bett. Dann griff sie nach dem Telefon und wählte die Nummer von Hans in Hamburg.

»Jacobi.«

Sie erkannte seine Stimme.

»Hier ist Eva. Entschuldige die Störung. Ich rufe aus Memphis an.«

»Ist was passiert?«, fragte Hans besorgt.

»Ich habe nur eine Frage. Es ist wahrscheinlich blöd.«

»Frag doch.«

»Lena hat mir erzählt, dass sie nach Bad Nauheim gefahren ist, als Elvis dort stationiert war. Um ihn zu sehen.«

»Mhm.«

»Aber ich weiß nicht mehr, wie die Geschichte weiterging. Ich habe nie ein Autogramm von ihm gesehen. Verstehst du?«

»Er gab nicht allen eins.«

»Kann sein«, gab sie zu, ohne überzeugt zu sein. »Aber es ist bekannt, dass er viele gab. Er kam jeden Abend ans Tor. Jeden Abend. Warum sollte Lena keins bekommen haben?«

»Du erwischst mich da grad auf dem falschen Fuß.«

»Tut mir leid.«

»Lass mich mal darüber nachdenken. Gib mir deine Nummer. Ich ruf dich zurück.«

Eva las die Nummer vor, die auf dem Apparat stand, verabschiedete sich und legte auf.

Sie aß im Hotel zu Abend, dann sah sie einen albernen Film im Fernsehen und rauchte dabei eine Schachtel Zigaretten. Während der Werbung ging sie auf die Toilette. Beim Spülen dachte sie an Frédéric, der ihr bei ihrer ersten Begegnung im Flugzeug erzählt hatte, dass der Energie- und Wasserverbrauch zu bestimmten Zeiten ansteige. Sie lächelte bei der Vorstellung, dass sie nun ihren Beitrag leistete, diese deprimierende Statistik zu bestätigen.

»Halten Sie sich für einzigartig?«, hatte er gefragt. Und sie hatte mit der Antwort gezögert.

Der Mensch, für den sie das einzigartigste Wesen auf der Welt gewesen war, war tot. Ihre Lena, ihre Mama, die niemand außer ihr so nennen durfte. Niemand würde so auf ihre Anrufe warten, wie Lena gewartet hatte. Niemand würde Buletten braten, die zwei Tage Vorbereitungszeit verlangten, nur weil es ihr Lieblingsessen war. Niemand würde ihr ihre eigene Geschichte, die ihres Vaters und ihrer Großeltern erzählen oder von dem Tag, als sie dreijährig die Treppe runtergefallen war. Niemand würde mehr die Verbindung zu ihrem Geburtsland, ihrer Sprache, ihrem Schmerz sein. Niemand zum Schimpfen, Ablehnen, Sichabnabeln. Jetzt gab es niemanden mehr, der sie als junges Mädchen, als Kind gekannt hatte, der sie hatte aufwachsen sehen, süße, tollpatschige Verheißung.

Sie war allein. Allein in diesem Land der frei herumlaufenden Verrückten, und der Mann auf der Bank war der Verrückteste. Ein alter Märchenerzähler mit seinem Schäferhund, der den Rest seines Lebens auf einer Bank verbrachte. Ein alter Mann mit seiner von Inkontinenz bedrohten Bessie.

Allein, aber nicht einzigartig.

Sie zappte wütend durchs Programm. Fenster öffneten und schlossen sich vor der Absurdität der Welt. »Essen Sie den gigantischen Super Big Mac mit noch mehr Mayonnaise!« So verschlingen Sie genug Kalorien für die ganze Woche mit einer einzigen Mahlzeit. »Ich sage Ihnen, sie hat ihn nicht getötet. Es war ihr Bruder.« *Flash back*, ein riesiges Messer funkelt in der Dunkelheit. Eine plötzliche, kraftvolle Bewegung. Und das Blut spritzt aufs Bett, an die Wand, tropft, rinnt. Verdrehte Augen. »Du wolltest ihn mir schon lange ausspannen, du Schlampe. Bist du jetzt zufrieden?« Ziemlich zufrieden, nach dem Gesicht des Mädchens zu urteilen. »Kommandant, das feindliche Boot kommt näher. Was sollen wir tun? Wir erwarten Ihren Befehl. Kommandant, antworten Sie.« Der aber rührt sich nicht.

Plötzlich klingelte das Telefon. Eva sah auf die Uhr. Es war nach eins. Sie machte den Fernseher leiser.

»Hoffentlich hab ich dich nicht geweckt«, sagte Hans. »Ich hab immer Schwierigkeiten mit dieser Zeitumrechnung.«

»Nein, nein. Schon in Ordnung.«

»Also, ich hab mir die ganze Geschichte noch mal durch den Kopf gehen lassen. Und da ist mir was eingefallen.«

Eva wartete gespannt.

»Bist du noch dran?«

»Jaja.«

»Ich habe Lena 1961 kennengelernt. Das ist eine Weile her! Kurz darauf hat sie Leander geheiratet und sie sind zusammengezogen.«

»Ja.«

»Ich habe ihnen beim Umzug geholfen. Damals hatten sie noch nicht viel Zeug. Danach saßen wir völlig erschöpft auf dem Fußboden und tranken Bier. Wir haben ein bisschen rumgealbert. Lena hat eine Kiste aufgemacht. Sie hat drin gewühlt und ein großes gerahmtes Foto von Elvis Presley rausgeholt. Wenn ich mich recht erinnere, stand eine Widmung drauf. Oder wenigstens seine Unterschrift. Sie hat sich zu uns umgedreht und es stolz gezeigt.«

»Und dann?«

»Dann hat Leander irgendwas gesagt. Warte mal, genau erinnere ich mich nicht. Irgend so was wie: Schatz, du wirst doch wohl nicht alle Wände mit deinen Backfischschwärmereien vollhängen. Lena hat nichts gesagt. Sie hat das Bild wieder in die Kiste gelegt, und ich habe sie nie mehr davon reden hören.«

»Das war nicht sehr nett von Leander.«

»Er war müde. Und unsere Eltern haben ihm wegen dieser Heirat große Vorwürfe gemacht. Sie glaubten, dass es nicht gutgehen würde, und haben ihm gesagt, er solle sich ein Mädchen aus seinen Kreisen suchen. Als er das Foto gesehen hat, wurde ihm wohl der Unterschied bewusst. Das hat ihm Angst gemacht … Eva, warum lässt du mich solche Geschichten erzählen? Das ist doch so lange her und jetzt alles unwichtig.«

»Warum hat mir Mama nie davon erzählt?«

»Keine Ahnung. Wahrscheinlich war sie gekränkt. Und das Autogramm war seit damals mit dieser unangenehmen Erinnerung verbunden.«

»Vielleicht ist es noch im Keller.«
»Kann schon sein ... Und sonst, ist alles in Ordnung?«, fragte Hans.
»Das weiß ich ehrlich gesagt nicht genau.«
»Komm mal nach Hamburg, wenn du zurück bist.«

Eva blieb nach dem Gespräch einen Augenblick nachdenklich mit dem Hörer in der Hand sitzen. Das war es also. Lena hatte geglaubt, sie müsse eine andere werden, um Leanders würdig zu sein.

Bruce Springsteen erschien auf dem Fernsehbildschirm. Vielleicht gab er irgendwo ein Konzert. Eva drehte den Ton wieder lauter.

Seine schleppende, etwas heisere Stimme, manchmal gerade so, als kämpfte er gegen einen Frosch, der sich im Hals breitmacht. Und plötzlich war sie wieder klar, erhob sich rein und traurig. Göttlicher Hauch, der dich mit dem Leben verbindet, was auch immer passiert.

I was eight years old and running with a dime in my hand
Into the bus stop to pick up a paper for my old man ...
This is your hometown

Die Melodie, die vor Zärtlichkeit anschwillt, manchmal etwas knarrt. Wie ein Sonnenstrahl über einem Autofriedhof. Ein Schrottplatz im Juni in Detroit.

Irgendwas zwischen Rebellion und Müdigkeit, charakterlose Stadtlandschaften, trostlose Orte, die nur interessant sind, weil dort auch die Menschen leben, die man liebt, weil sie dasselbe durchschnittliche Klima ertragen. Grau, Beton, eine Kneipe, aus der grünliches Licht kommt, das kaum die Dunkelheit durchdringt. Bier auf der Rückbank eines gebraucht gekauften Autos, selbstgedrehte Zigaretten, laute Musik.

Nur hässliche Städte ohne richtiges Zentrum vermitteln diese Eindrücke. Das Frankfurt ihrer Jugend war eine davon gewesen. Das Bankenviertel, nachts menschenleer, die ebenso leere Fußgängerzone, auf der man seine Schritte hallen hörte, der Bahnhof mit seinen traurigen Gestalten. Germantown gehörte sicher dazu. Auch Memphis. Alle die Städte, in denen man verdammt Lust hat zu rauchen.

Die Nacht verstrich schlaflos, lang, klebrig. Eva war nach Weinen zumute, aber sie konnte nicht. Ihre Kehle brannte wegen des festsitzenden Salzwassers, das nicht herauskommen, nicht fließen wollte. Das sie gern ausgebrochen hätte. Auch wegen der Zigaretten.

Sie war enttäuscht. Sie fühlte sich missbraucht. Sie war wütend auf Misery. Unangemessen, unvernünftig wütend. Als hätte er ihr etwas Kostbares gestohlen, das sie ihm anvertraut hatte. Als hätte er ein Versprechen gebrochen. Auf jeden Fall würde sie ihn nicht mehr treffen.

Sie war auch wütend auf Lena, weil sie ihr nicht die Wahrheit über Leander und Hans gesagt hatte. Weil sie so viel vor ihr geheimgehalten hatte. Alles war Lüge.

In das orangefarbene Hemd gehüllt, das sie vor ein paar Tagen gekauft hatte, fiel sie gegen sechs in einen unruhigen Schlaf.

38

It's nothing but a fucking song«, rief sie ihm entgegen, noch ehe sie bei der Bank war.

Sie war spät aufgewacht, sie war gerannt, sie hatte sich nicht umgezogen und nicht gewaschen. Das war ihr seit zwanzig Jahren nicht mehr passiert. So groß war ihr Bedürfnis, ihn zu beschimpfen, ihm zu sagen, wie egal ihr die ganzen Verrückten waren, die diese Stadt bevölkerten. Dass sie nicht bescheuert war.

Sie musste ihre Traurigkeit wegbrüllen. Wer sonst sollte ihr zuhören, wer, wenn nicht dieser gestörte Typ, den sie nie mehr wiedersehen würde, der bald nur noch eine Erinnerung wäre, dunkel vielleicht, aber hinter ihr? An dunklen Erinnerungen mangelte es ihr nicht, da kam es auf eine mehr auch nicht an. Eine mehr, die allmählich in barmherzigem Nebel versinken würde.

Er war da. Er hatte sie erwartet. Er hätte nicht kommen müssen. Daran hatte sie bis eben gar nicht gedacht. Jetzt, als sie ihn seelenruhig sein Bananensandwich essen sah, wurde es ihr plötzlich bewusst. Eigentlich war es sogar recht erstaunlich, dass er da war. Er wirkte ganz ruhig.

»*Nice shirt*«, sagte er mit vollem Mund und zeigte auf ihr ziemlich zerknittertes Hemd. »Sie sind spät dran«, wies er sie dann zurecht.

»Ich wollte gar nicht mehr kommen.«

»Aber Sie sind gekommen«, stellte er irgendwie befriedigt fest.

Sie setzte sich. Er hielt ihr ein Stück Sandwich hin. Sie war versucht, es anzunehmen, denn sie hatte nicht gefrühstückt. Aber da sie keine Vertraulichkeit wollte, lehnte sie ab.

»So *what song are you talking about?*«, fragte er und beendete seinen Imbiss.

«Das wissen Sie genauso gut wie ich. *Trouble.*«

»Wer hat keinen?« Misery lachte über seinen eigenen Witz.

»Daher kommt der Scheißname.«

Eva spürte, dass die Vulgarität sie erleichterte. Als könnte sie den Schmerz zurückdrängen und auf Distanz halten, wenn sie mit weniger Respekt sprach.

»Und weiter?«

»Sie führen mich an der Nase rum. Was wollen Sie mir eigentlich einreden?«

»Ich will Ihnen gar nichts einreden.« Er faltete sein Sandwichpapier zusammen und fegte ein paar Krümel von seinem Hemd.

»Dass Sie Elvis sind, ja?«

»Wenn ich das sagen würde, würden Sie mir nicht glauben«, antwortete er nur.

Das war es also, wirklich! Er hielt sich für Elvis. Er war tatsächlich verrückt. Und zwar viel verrückter als all die anderen, die glaubten, der mythische Sänger sei nicht tot. Sie unterhielt sich gerade ernsthaft mit jemandem, dessen Platz im Irrenhaus war.

»Sie haben recht. Ich glaube Ihnen nicht, und ich bin sicher, dass Sie nicht viele Menschen finden werden, die Ihnen glauben.«

»Sehen Sie«, sagte er, ohne sich aufzuregen.

»Das ist lächerlich«, urteilte Eva und stand auf.

»Ich gebe Ihnen einen Beweis«, antwortete er immer noch genauso ruhig.

»Einen Beweis wofür?«

»Einen Beweis, dass ich das Grundstück da besser kenne als jeder andere«, sagte er und wies mit einer Kopfbewegung auf Graceland.

Unter anderen Umständen, in anderen Momenten ihres Lebens wäre sie gegangen. Jeder wäre gegangen. Das war das Einzige, was man tun konnte.

»Na gut. Schießen Sie los«, sagte sie nach kurzem Zögern. Die verdammte Neugier.

»Sehen Sie den Zuckerahorn da drüben?« Der Alte zeigte auf einen sehr großen Baum auf dem Grundstück.

»Ja«, sagte sie zögernd.

»In die Rinde ist ein Herz geschnitzt. Priscilla und Elvis.«

»Jeder hätte so einen Quatsch in den Stamm ritzen können, und jeder könnte es wissen. Man muss es sich nur ansehen, nehme ich an.«

»Ja, aber der Quatsch ist nicht in Augenhöhe, denn der Baum ist inzwischen gewachsen. Die Inschrift ist von 1961. Also sechsundvierzig Jahre alt.«

»Das macht Sie nicht jünger«, platzte sie heraus. Die Geschichte nervte sie wirklich und ihr eigenes Verhalten noch mehr.

»Keine Frage«, gab er zu.

»Sie meinen, man muss auf den Baum klettern, um die Inschrift zu finden, ja? Weil sie ganz oben ist?«

»Genau.«

»Und wie soll ich Ihren angeblichen Beweis überprüfen?«

Er zuckte mit den Schultern.

»Mir wär's lieber, Sie würden singen«, entschied Eva.

Er lächelte.

»Wissen Sie, in welchem Zustand Elvis am 16. August 1977 gefunden wurde?«, fragte sie dann.

»Ja.«

»Es wurde eine Autopsie durchgeführt. Er hatte keine Überlebenschance. Seine Abhängigkeit und sein Lebensstil haben ihn umgebracht.«

»Ja.«

Dieser Typ konnte einen wirklich aufregen.

»Das beweist doch wohl, dass er tot und begraben ist, Asche, Erde, angenagte Knochen, Würmer, alles, was Sie wollen, aber sicher nicht neben mir auf einer Bank.«

»Die Person, die an dem von Ihnen genannten Tag gefunden wurde, ist im *Meditation Garden* begraben.«

Sie war fassungslos. »Das ist ja noch besser als alles, was ich bisher gehört habe. Sie wollen mir also weismachen, dass diese Person nicht Elvis war und dass es niemand gemerkt hat?«

Er antwortete nicht.

»Und wann soll dieser Austausch stattgefunden haben?«

»Drei Jahre zuvor.«

»Das ist die absurdeste Theorie, die ich je gehört habe. Und woher hatte man diesen perfekten Doppelgänger, der in seine Rolle schlüpfte?«

»Das war nicht schwer. Amerika ist voll davon. Außerdem hat er viel Geld geerbt. Sie können sich nicht vorstellen, was man mit Geld alles regeln kann.«

»Ich rekapituliere, falls mir etwas entgangen sein sollte: Sie haben 1974 jemanden engagiert, Ihre Rolle zu spielen, haben ihm alles überlassen, was Sie besaßen, und sind verschwunden. Und nicht mal Ihre Familie hat es bemerkt.«

Er nickte. »Sie waren an die Eskapaden des King gewöhnt. Er ging tagsüber nicht raus, er zeigte sich sowieso nicht mehr oft, nicht mal seinen Nächsten. Das Ganze war bestens vorbereitet. Sicher gab es welche, die Zweifel hatten. Aber wer hätte ihnen geglaubt? Das war zu ungeheuerlich.«

Der Alte lachte. »Sie haben doch selbst gesagt, dass er zum Ende hin nicht mehr gut sang. Er vergaß die Texte seiner Lieder und verfälschte sie.«

»Und warum sollten Sie das getan haben?«

»Um da rauszukommen. Die Straßenseite zu wechseln. Zu sehen, wie das ist.«

Sie schwiegen beide. »Und genau das haben Sie getan. Die Straßenseite gewechselt. Jetzt sitzen Sie Ihrem Haus gegenüber«, sagte sie.

Er nickte.

»Eine hübsche Geschichte. Sie haben gut daran getan«, fuhr sie in sarkastischem Ton fort.

»*Right*«, sagte Misery und stand auf. »Wir werden uns vielleicht nicht mehr sehen.« Er reichte ihr die Hand. »Auf Wiedersehen. Es war mir ein Vergnügen. Denken Sie ab und zu an mich. *When you get the blues*«, fügte er mit einem leichten Lächeln hinzu.

Er winkte ihr zum Abschied und ging fort, ohne sich umzudrehen, wie immer. Bessie trottete leicht hinkend hinter ihm her.

Eva blieb perplex auf der Bank sitzen. Sie konnte nicht fassen, dass sie Misery bis zum Ende zugehört hatte. Das sah ihr gar nicht ähnlich. Sie, die niemals Zeit zu verlieren hatte, die immer den direktesten Weg von einem Punkt zum anderen wählte, sie hatte einem Verrückten so viel Zeit gegönnt.

Sie zog die Füße hoch und stützte das Kinn auf die Knie, wie sie es als Kind gemacht hatte. Mit geneigtem Kopf schaute sie zerstreut auf die Warteschlange vor Graceland.

Ihr Zorn war verraucht, wie weggeblasen von diesem seltsamen Mann, der ihr in den letzten Tagen Gesellschaft geleistet hatte. Die Sonne streichelte ihre Wangen. Sie wäre gern noch sitzen geblieben, aber ihr Magen knurrte verzweifelt.

»Ich hätte das Bananensandwich essen sollen.«

39

Am Fluss fand sie ein Hamburgerrestaurant. Rechts davon war ein Bäcker, links ein Fleischer. Die Kunden konnten aus einer großen Vielfalt von frisch gebackenen Broten wählen. Große, kleine, runde, längliche, helle, dunkle, mit Körnern oder zum Zopf geflochten. Das Fleisch hing tropfend in der Auslage. Rostrotes, granatrotes, karminrotes, zinnoberrotes Fleisch, glattes Fleisch, schrumpeliges Fleisch, feuchtes Fleisch, getrocknetes Fleisch; alle Farbschattierungen von Blut und Fleisch warteten demütig auf den Kunden und präsentierten ehrlich ihren Preis.

Eva stellte sich geduldig an. Sie wählte einen Doppelburger mit Käse und erhielt ein dickes warmes Paket, das einen appetitanregenden Duft verströmte.

Sie setzte sich direkt am Ufer auf den Rasen. In der Nacht war leichter Wind aufgekommen. Die gekräuselte Oberfläche des Mississippi funkelte in der Sonne. Die *Saint-Louis*, ein schönes Dampfschiff mit großen weißen Schaufelrädern, machte sich zum Landen bereit.

Eva biss in ihren riesigen Burger. Soße spritzte auf ihre Hose und hinterließ dort einen hässlichen Fettfleck, aber sie achtete nicht darauf. Sie verschlang ihr Mahl, als hätte sie gerade den Mount Everest bestiegen.

Eine Stunde lang sah sie auf den Mississippi, träumte von den Weiten, die der Fluss durchquert hatte, ehe er hier, vor ihren Füßen, vorbeifloss, die Stadt Memphis mit ihren Silbertürmen grüßte und seinen Weg fortsetzte.

Der Mississippi, für Mark Twain erst Traum, dann Wirklichkeit, bevor er wieder Nostalgie wurde. Er hatte ihn in seinem Künstlernamen verewigt, diesen Fluss, von dem er jede Biegung kannte, bei jedem Wetter, flussauf und flussab. Der Fluss ist wie eine Grammatik, die man, gegen den Überdruss kämpfend, noch und noch üben muss, seinen Murmeln in der Stille der Nacht muss man lauschen.

Nur der Zauber der Jugend hat diese Wirkung. Das wahre Verlangen, für das man Opfer bringt, das ein Schicksal formt, ist das eines Kindes, höchstens noch eines Teenagers, dachte Eva. Wenn man die fünfundzwanzig hinter sich hat, treffen die Pfeile, die die Welt verschießt, nur noch selten ins Herz.

Der Mississippi, der Mark Twain einige Kopfschmerzen bereitet, auf dem er unzählige Boote begleitet und die kleinste Veränderung bemerkt hatte, floss jetzt fröhlich im leichten Wind dahin. Für Eva war es nur eine beeindruckende Wasserfläche in ständiger Bewegung, die hübsch die Sonne widerspiegelte.

Sie fuhr ins Hotel zurück. Dort fand sie die Einladung von Madame Dufour-Guérin für die Eröffnung der Ausstellung über Napoleon III., die um achtzehn Uhr dreißig begann, dazu ein kurzer Gruß.

Dann stand Eva vor dem Schrank und begutachtete ihre Garderobe, um etwas zu finden, das als Cocktailkleid durchgehen konnte. In Paris hatte sie mehrere, zwei schwarze und ein dunkelblaues, aber sie hatte sie nicht eingepackt.

Sie entschied sich für eine weiße Bluse und einen dezenten

Rock. Um sie zu entknittern, hängte sie beides ins Bad. Der Dampf würde das Bügeleisen ersetzen.

Sie stand eine halbe Stunde unter der warmen Dusche. Dann hüllte sie sich klitschnass in den weißen Frotteebademantel, den das Hotel seinen Gästen zur Verfügung stellte, zündete sich eine Zigarette an und warf sich aufs Bett. Jetzt war sie ruhiger.

Sie sah auf die Uhr, Viertel nach drei. Wenn sie wollte, hatte sie noch genug Zeit. Sie würde es gerade schaffen. Die Kasse schloss um vier, das hatte sie sich gemerkt. Sie würde schnell hin- und wieder zurückfahren. Es war etwas abenteuerlich, aber mit ein bisschen Glück müsste es gelingen. Spätestens um neunzehn Uhr wäre sie im Museum, ordentlich gekleidet, ihr Champagnerglas in der Hand, um Madame Dufour-Guérin zu gratulieren. Und sie würde Gewissheit haben.

40

Die Entscheidung erforderte noch zwei Zigaretten, die sie rauchte, ohne sich zu rühren. Dann ging alles ganz schnell. Sie zog hastig die befleckte Hose und ein kakifarbenes T-Shirt an, schnappte sich ihre Tasche und verließ das Zimmer.

Der Empfangschef, der sie am ersten Tag gewarnt hatte, stand an der Tür. Er sprach mit einem Gast, der, nach seiner verkniffenen Miene zu urteilen, irgendeine Beschwerde vortrug. Vor Ungeduld zitternd, stellte sich Eva neben den Unzufriedenen. Endlich zog er sich zurück, nicht ohne zu betonen, dass er von einem Haus dieser Kategorie wohl etwas mehr erwarten könne.

»Könnten Sie mir ein Seil besorgen?«, fragte Eva ohne jede Einleitung, kaum dass der beleibte Amerikaner in der Drehtür verschwunden war.

»Entschuldigung?« Der Angestellte sah sie verständnislos an.

»Ich brauche ein Seil, sofort. Ich habe keine Zeit, eins zu kaufen.«

»Ich bedaure, Miss, so etwas habe ich nicht. Es gehört nicht zu meinen Aufgaben …«

Eva unterbrach ihn, ehe er ihr die gültige Arbeitsgesetzgebung herunterbetete. »Ich weiß, es ist ein ziemlich ausgefallener Wunsch.«

Eine Idee schoss ihr durch den Kopf. Sie wühlte in ihrer Tasche und suchte ihr Portemonnaie. »Seien Sie so nett! Treiben Sie eins für mich auf«, flehte sie und schob ihm zwanzig Dollar in die Hand.

Er seufzte, entfernte sich und flüsterte einem Hotelpagen etwas ins Ohr, der sich sofort in Bewegung setzte. Er lief mit raschem Schritt um das Entenbassin herum zu einem dritten Mitarbeiter am anderen Ende des Foyers. Dieser verschwand hinter einer Tür. Dann verging einige Zeit, die Eva endlos vorkam. Tatsächlich waren es höchstens zehn Minuten, bevor der Mann mit einem zusammengerollten Seil unter dem Arm wiederauftauchte.

Eva rannte ihm entgegen und riss es ihm aus der Hand. »Vielen Dank, ich bringe es Ihnen zurück«, sagte sie und überließ ihn seiner Fassungslosigkeit. »Ich werde mich erkenntlich zeigen«, versprach sie dem Empfangschef hastig und sprang in ein Taxi.

Sie kam gerade rechtzeitig, um mit der letzten Welle von Besuchern eingelassen zu werden. Ihre Handtasche mit dem Seil darin war ein unförmiger Ball, den sie fest unter die Achsel geklemmt hatte, um ihn etwas zu tarnen.

Ihre einzige Angst bestand darin, dass man sie aufforderte, die Tasche zu öffnen. Wenn man das Seil fand, würde man sie erneut festnehmen. Vielleicht würden die Sicherheitsbeamten denken, sie wolle sich auf dem Gelände von Graceland das Leben nehmen, um die Aufmerksamkeit der Öffentlichkeit auf irgendeine hoffnungslose Sache zu lenken. Oder sie plane, in eins der weltweit am besten geschützten Objekte einzubrechen. Sie würde auf derselben Wache landen wie am ersten Abend. Und sie würde berühmt werden, denn die Medien würden sich sogleich auf ihre Geschichte stürzen. Victor würde durch die Presse von ihr hören. Diese Vorstellung war ganz lustig. Zumal, das wurde ihr plötzlich klar, sie niemandem erklären könnte, was sie tatsächlich vorhatte.

Nie zuvor hatte sie sich in eine so gefährliche Situation gebracht. Aber es war zu spät, um zurückzuweichen. Deshalb schenkte sie den beiden Sicherheitsmännern ihr schönstes Lächeln und ging etwas schneller.

Sie hatte Glück. Die Uhrzeit trug sicher zur Unaufmerksamkeit der beiden bei, die den ganzen Tag lang die Fans mit prüfendem Blick gemustert hatten. Jetzt wollten sie schnell nach Hause. Als Eva vorbeiging, unterhielten sie sich über ein Baseballspiel, das am Vortag stattgefunden hatte.

Es lebe der Sport, dachte sie.

41

Sie betrat das Haus, das sie eine Woche zuvor besichtigt und von dem ihr Misery so viel erzählt hatte. Um keine Aufmerksamkeit zu erregen, folgte sie zunächst der üblichen Runde, entfernte sich jedoch bei der ersten Gelegenheit und ging hinaus in den Garten, um zu dem Baum zu gelangen, den Misery ihr gezeigt hatte. Aber welcher war es? Sie war nicht mehr sicher. Deshalb ging sie so nah wie möglich an den Zaun, um den richtigen Blickwinkel zu haben.

Als sie gerade beschloss, dass es der große Ahorn neben dem Swimmingpool sein müsse, sah sie den alten Schwarzen vorbeigehen, den sie mit Misery getroffen hatte. Hatte er sie auch gesehen? Eva wusste es nicht. Auf jeden Fall hatte er in ihre Richtung geschaut.

Jetzt wurde es komplizierter. Sie musste zumindest warten, bis die anderen Besucher das Grundstück verlassen hatten. Aber wie würde sie dann rauskommen? Das war vielleicht nicht so einfach. Quatsch, beruhigte sie sich, man muss nur über die Mauer springen.

Sie suchte einen Platz, um sich zu verstecken, bis die Luft rein war. Das war nicht so einfach, denn es gab nur wenige Sträucher. Eigentlich kam nur ein Ort infrage: hinter den im Halbkreis gepflanzten Büschen, die den *Meditation Garden* begrenzten. Da war allerdings nicht viel Platz, es war riskant. Den Leuten konnte ihr seltsames Verhalten auffallen.

Die Schließzeit rückte näher. Die letzten Besucher kamen in kleinen Gruppen aus dem Hauptgebäude, andere schlenderten plaudernd in Richtung Ausgang. Eva fand keinen geeigneten Moment, um hinter den Büschen zu verschwinden. Die Zeit drängte. In wenigen Minuten würde es zu spät sein.

Dann hatte sie wieder mal Glück. Ein Kind, das über den schmalen Weg rannte, stolperte, fiel hin und fing an zu schreien. Einen Moment lang sahen alle zu ihm hin. Eva nutzte diese Ablenkung, holte tief Luft, sprang hinter die Stauden und hockte sich unter die dichtesten und am stärksten belaubten Zweige. Dann machte sie sich klein, ganz klein.

42

Nach einer halben Stunde in dieser unbequemen Stellung hörte sie die Wächter pfeifen und kauerte sich noch tiefer in ihr Versteck. Sie wagte sich nicht vorzustellen, was passieren würde, wenn man sie dort entdeckte, obendrein mit dem Seil in der Tasche.

Die letzten Besucher gingen zum Ausgang.

»Wenn du Angst hast, konzentrier dich auf etwas anderes, das nichts mit der Situation zu tun hat, in der du dich befindest«, hatte ihr Lena geraten, als sie klein war.

»Aber worauf?«, hatte Eva gejammert.

Ein Mann in Lederkleidung ging ganz dicht an ihr vorbei. Sie machte sich noch kleiner, rollte sich fast zu einer Kugel zusammen unter ihrem Busch.

»Keine Ahnung. An das Rezept für Heringssalat zum Beispiel.«

Sie hatte ihre Mutter angestarrt.

Der Mann hatte sie wohl nicht bemerkt.

»Zuerst muss man die Heringe eine Nacht in Wasser legen, damit sie das Salz ausscheiden können, das habe ich dir schon mal erklärt.« Dann hatte Lena zu einer so detaillierten und erstaunlichen Beschreibung der Zubereitung von Heringssalat angesetzt, dass Eva ihre Sorgen wirklich vergessen hatte.

Nachdem die Gedenkstätte offiziell geschlossen war, sagte

sie sich, mit angehaltenem Atem hinter ihrem Busch versteckt, in Gedanken alle für das Gelingen des Rezepts nötigen Schritte auf.

»Du schneidest die Äpfel in ganz kleine Würfel. Nimm feste, süße Äpfel, am besten Reinettes.«

Niemand ging mehr über den Rasen. Stille herrschte im Garten. Aber Eva wusste, dass man ihr nicht trauen durfte. Die Angestellten waren noch im Haus.

Die Hunde!, fiel es ihr siedend heiß ein. Sie hatte die Hunde vergessen. Deshalb wirkte das Sicherheitspersonal relativ entspannt; sie wussten, dass die Hunde sowieso alles finden würden, was sie womöglich übersehen hatten. Was hatte Miserys Kumpel gesagt? Bessies Sohn. Mindestens ein Schäferhund war in der Nähe. Ganz sicher.

Diese plötzliche Einsicht änderte ihren Plan von Grund auf. Auch auf die Gefahr hin, dass man sie sah, musste sie so schnell wie möglich auf den Baum klettern. Am Abend würden sie die Hunde loslassen. In ihrer Panik glaubte sie schon ein Knurren zu hören. Wie hatte sie sich nur auf diese Geschichte einlassen können? Es war nicht der richtige Zeitpunkt, ihren Schritt zu bedauern.

Sie streckte langsam ihre schmerzenden Glieder und warf einen Blick zum Hauptgebäude. Dort bewegte sich nichts. Irgendwo hörte man ein Gespräch zwischen zwei oder drei Männern, ab und zu ein Lachen, es kam aus einem der offenen Fenster im Erdgeschoss. Eine Plauderei vor Feierabend. Vielleicht tranken die Männer noch ein Bier, ehe sie nach Hause gingen. In der verzweifelten Hoffnung, sich nicht zu täuschen, sprang Eva auf und rannte so schnell sie konnte zu dem Baum, den ihr Misery gezeigt hatte.

Sie erreichte ihn ohne einen Zwischenfall und stellte erleichtert fest, dass die ersten Äste nicht schwer zu erreichen waren und sie das Seil nicht brauchen würde.

43

Sie warf einen letzten Blick zum Haus. Dann atmete sie tief ein und sprang in die Luft, um den ersten Ast zu packen. Nach drei vergeblichen Versuchen gelang es ihr. Sie zog sich mit aller Kraft hoch, um den Ast mit den Beinen zu erreichen. Versuchte sich zu motivieren, verfluchte das fehlende Training, hechelte, wurde rot, schwitzte, rutschte wieder und wieder ab. Und dann endlich fand ihr Fuß Halt.

»Hast du nichts gehört, Charlie?«, schien einer der Männer zu sagen, aber das war jetzt unwichtig. In wenigen Minuten würde sie im Laub des Ahorns verschwunden und in Sicherheit sein.

Ihre Tasche um den Hals gehängt, begann sie den Aufstieg. Als Kind war sie oft auf Bäume geklettert, hatte sich weder vor der Leere unter ihr noch vor dem schwankenden Wipfel über ihr gefürchtet. Die Erwachsenen unter sich zu lassen, die ihr meistens nicht folgen konnten, erfüllte sie mit wahrer Euphorie. Ihre Spezialität waren große Kirschbäume gewesen, die als Belohnung die rötesten und süßesten Früchte verhießen, um die sich sonst nur die Vögel stritten. Sie hatte ganze Sonntagnachmittage auf ihrem Lieblingskirschbaum verbracht, gelesen, den Geräuschen der anderen und dem Gesang der Amseln zugehört und sich dabei mit Früchten vollgestopft.

Aber eines Abends war sie, ohne es zu wissen, zum letzten Mal heruntergestiegen. Am nächsten Sonntag hatte sie etwas anderes zu tun gehabt. Dann ging der Sommer zu Ende, die Zeit der Baumbesteigungen war vorbei, und im nächsten Jahr war sie nicht mehr im Kletteralter.

Jetzt kam ihr der Aufstieg schwierig und gefährlich vor. Die Äste drohten zu brechen, sie konnte jeden Moment abrutschen. Außerdem war es ziemlich hoch. Sie durfte vor allem nicht das Gleichgewicht verlieren. Als Kind war ihr das passiert. Sie war durch Äste und Laub gerauscht und unten auf dem Hintern gelandet. Mit zerrissener Hose, ruiniertem T-Shirt, zerkratzten Armen und blutigen Händen. Sie war wieder aufgestanden und hatte die Schäden begutachtet, ein bisschen betäubt, aber vor allem wütend über ihre Ungeschicklichkeit. Solche Erfahrungen hatten sie nicht am Weitermachen gehindert.

Ein Hund bellte. Eva, die gerade auf einem Ast kniete, erstarrte. Ein anderer antwortete. Hundeserenade. Es waren also mindestens zwei.

»Still, Georgie. Du gehst uns auf den Wecker. *Good boy.*«

Sie musste versuchen, sich zu beeilen. In welcher Höhe mochte die Inschrift wohl sein? Sechsundvierzig Jahre. Wie schnell wächst so ein Baum? Sie hätte Botanikerin sein müssen, um diese lächerliche Mission auszuführen. Sie seufzte und strich mit der Hand über die raue Ahornrinde.

Plötzlich kamen zwei Männer, deren Stimmen Eva gehört hatte, mit Bierbüchsen in der Hand aus dem Haus. Es waren Weiße, mittleres Alter, ohne besondere Kennzeichen. Der Kleinere war voller Sommersprossen und verlor mitten auf dem Kopf die Haare. Aus ihrer Position konnte Eva das

Ausmaß seiner Glatze deutlich erkennen. Der andere war eher der Mittelmeertyp, sicher mit italienischen Wurzeln, etwas dicker als sein Kollege.

Ihre Uniform hatten sie durch ein legeres Outfit ersetzt. Sie blieben stehen, ließen den Blick über das gesamte Grundstück schweifen und setzten sich seelenruhig auf den Rasen. Entspannter Wochenausklang nach arbeitsreichen Tagen. Es sah nicht so aus, als würden sie demnächst aufbrechen. Eva seufzte.

Bestimmt war es den Angestellten verboten, sich außerhalb der Öffnungszeiten wie die Eigentümer auf der Wiese zu ergehen. Eva war nicht die Einzige, die etwas Verbotenes tat. Aber diese Einsicht war ihr keine große Hilfe.

Die beiden Männer kommentierten die Schwierigkeiten mit dem Feierabendverkehr und tranken dabei langsam ihr Bier. Die Tür ging noch einmal auf, und der alte Schwarze kam heraus, den Eva bei Misery gesehen hatte.

»Bin gleich da«, sagte er zu den beiden anderen.

Er verschwand hinter dem Haus und kam nach fünf Minuten mit einem Gartenschlauch zurück. Ein Schäferhund sprang um ihn herum und wollte spielen. Sein Herrchen wollte erst die Arbeit erledigen und ignorierte seine Aufforderung.

Eva, die von ihrem Posten aus alles genau beobachtete, verbot sich jede Bewegung. Sie durfte auf keinen Fall die Aufmerksamkeit des Hundes auf sich ziehen, der nur wenige Meter entfernt herumrannte. Sie wagte kaum noch zu atmen.

Das Ganze zog sich in die Länge, und ihre Knie schmerzten immer stärker, sie musste sich bewegen.

Vorsichtig prüfte sie mit den Augen die Astgabelungen,

die sie ohne größere Bewegungen erreichen konnte. Sie befand sich in keiner idealen Position, aber direkt über ihrem Kopf wuchs ein solider Ast aus dem Stamm, der einen bequemeren und sichereren Halt verhieß. Wenn sie dort den Rücken an den Stamm lehnte, würde sie eine Weile durchhalten. Sie musste es probieren.

Das Manöver verlangte sehr viel Geduld und Geschicklichkeit. Langsam, unendlich vorsichtig, richtete sie sich auf und packte zwei höhere Äste. Der Ahorn knackte.

Eva erstarrte, sie wollte kein Risiko eingehen. Die letzten orangegoldenen Sonnenstrahlen drangen durch das Laub und legten sich auf ihre Arme.

Der dritte Mann war mit dem Wässern der Rosen fertig und hatte sich zu seinen Kollegen gesetzt. Sie stießen an, aber ihr Gespräch wurde immer einsilbiger.

Als sich Eva eben auf den oberen Ast ziehen wollte, fing ein Vogel ganz nah an zu singen. Sie zuckte zusammen und hätte beinah das Gleichgewicht verloren. Sie brauchte einen Moment, ehe sie sich beruhigte. Die Amsel sang aus Leibeskräften. Sie zwitscherte und jubilierte, jubilierte und zwitscherte.

Sie hörte, wie die Männer aufstanden und zum Haus gingen. Sicher würden sie jetzt aufbrechen. Dann hatte sie eine Chance zu entkommen.

Auf der Suche nach einem besseren Halt schlang Eva die Arme um den Stamm und kletterte langsam zu dem Ast, der ihr am geeignetsten erschien. Jetzt musste sie sich nur noch umdrehen, dann hatte sie einen besseren Sitz.

Und da, plötzlich, als sie fast vergessen hatte, weshalb sie sich in diese unglaubliche Situation gebracht hatte, spürten ihre Finger etwas, eine Unregelmäßigkeit, die anders war als die bisherigen. Sie richtete sich etwas auf und erblickte die Narbe in der Rinde. Mit ein bisschen Fantasie konnte man ein Herz erkennen, darin zwei Buchstaben: E und P.

44

Eva verspürte eine riesige Erleichterung und geradezu unvernünftige Freude. Bis sie sich sagte, dass natürlich jeder Beliebige von dieser Inschrift wissen konnte. Dass sie keinen Beweis darstellte. Dass sie es niemals wissen würde. Dass es keine Möglichkeit gab, es zu wissen.

Allmählich wurde es dunkel. Die drei Männer kamen raus, schalteten das Licht und die automatischen Rasensprenger an, dann verließen sie das Grundstück, nachdem sie auch die Alarmanlage aktiviert hatten. Eva war nicht klar, wie sie wegkommen würde. Unter ihr spritzte das Wasser und breitete sich in großen Kreisen auf dem Rasen aus. Tsick, tsick, tsick, tsick, tschu. Tsick, tsick, tsick, tsick, tschu machte der Sprenger, der immer wieder an seinen Ausgangspunkt zurückkehrte.

Sie sah auf die Uhr. Es war halb neun. Seit zwei Stunden wollte sie im Museum sein und in aller Ruhe ihren Champagner trinken. Stattdessen saß sie in Graceland auf einem Baum, auf dem sie wohl die Nacht verbringen würde. Die Aussicht war nicht sehr verlockend, aber plötzlich stellte sich Eva das Gesicht von Madame Dufour-Guérin vor, wenn sie sie hier sähe. Und Victors Gesicht, wenn er ahnte, wo sie war. Und das des Empfangschefs, wenn sie wieder am frühen Morgen mit zerrissenem T-Shirt und schmutziger Hose zurückkäme. Und dann Lenas Gesicht, wenn sie wüsste, auf welches Abenteuer sie sich eingelassen hatte.

Sie begann zu lachen. Ein freies, unbekümmertes Lachen, das sich selbst genügt. Ein Lachen, das ganz leise anfängt und aufsteigt, das so klar und laut aufsteigt wie die schönste Stimme. Ein Lachen, wie man es nur auf einem Baum ausstoßen kann.

Es war ihr nicht mehr wichtig zu wissen.

Wenn sie zurück in Europa war, würde sie das Porträt mit Elvis' Autogramm suchen. Wenn sie Glück hatte, würde sie es im Keller finden. Sie würde es in Paris über ihren Kamin hängen. Dann würde sie Hildchen mitnehmen. Lena hätte es so gewollt. Pech für das rote Sofa.

Sie steckte die Hand in die Tasche und holte die Schachtel raus. Es war nur noch eine Zigarette drin. Von dort, wo sie sich befand, erschien Memphis voller Verheißung. Sie sah, wie nacheinander die Lichter der Stadt angingen, während sie ihre letzte Zigarette rauchte.

One, two ... one, two, three, four ...

Well, that's all right, Mama
That's all right for you,
That's all right, Mama, just anyway you do.

Herzlichen Dank an:

Philippe Vauvillé, meinen Weggefährten;

Wolfram Hämmerling, der mich vom ersten Tag an immer unterstützt hat;

Sebastian Danchin für seine schönen Bücher über Elvis Presley und den Blues in Memphis, seinen herzlichen Empfang und seine wertvollen Ratschläge;

Jake Lamar, Marie-Noëlle Berthier de Grandry und Laurent de Gaspéris, meine Freunde, die mir ihr Memphis erzählt haben;

Nick Tosches für sein ungewöhnliches Buch *Unsung Heroes of Rock 'n' Roll*, dem ich wertvolle Informationen und schallendes Lachen verdanke;

dem Verlag Liana Levi für alles, was er für *Die Schachspielerin* getan hat;

meiner Mutter für ihre Geduld und ihren Humor;

und *last but not least*: dem »King«.

Milena Agus | Die Gräfin der Lüfte

Ihre Schwestern machen sich über sie lustig, weil sie mit ihrem weichen Herzen so weltfremd ist. Im Palazzo der verarmten Adelsfamilie in Cagliari haust die junge Gräfin in der unscheinbarsten Wohnung, und das Leben spielt ihr auch sonst nicht gut mit. Bis sie eines Tages ihren phantasievollen Nachbarn näher kennen lernt.

Der neue Bestseller von Milena Agus – voller Poesie und Leben. »Nur wenige Bücher treffen so ins Herz wie dieses.« *Elle*

128 Seiten, gebunden. Auch als Hörbuch erhältlich.

| Hoffmann und Campe |